Filhos do Calvário

APARECIDA MAGALI DE SOUZA ALVAREZ
SILVIA ALVAREZ DELLA RINA

Filhos do Calvário
Amor e Vida

Labrador

© Aparecida Magali de Souza Alvarez e Silvia Alvarez Della Rina, 2024
Todos os direitos desta edição reservados à Editora Labrador.

Coordenação editorial Pamela J. Oliveira
Assistência editorial Leticia Oliveira, Vanessa Nagayoshi
Direção de arte e capa Amanda Chagas
Projeto gráfico Marina Fodra
Diagramação Deana Guimarães e Katia Souza
Preparação de texto Caique Zen
Revisão Monique Oliveira Pedra
Ilustrações Silvia Alvarez Della Rina

Dados Internacionais de Catalogação na Publicação (CIP)
Jéssica de Oliveira Molinari - CRB-8/9852

Alvarez, Aparecida Magali de Souza
  Filhos do calvário : amor e vida / Aparecida Magali de Souza Alvarez, Silvia Alvarez Della Rina.
  São Paulo : Labrador, 2024.
  112 p. : il.

  ISBN 978-65-5625-682-5

  1. Contos brasileiros 2. Vício em drogas 3. Resiliência 4. Amor
  I. Título II. Rina, Silvia Alvarez Della

24-3884   CDD B869.3

Índices para catálogo sistemático:
1. Contos brasileiros

Labrador

Diretor-geral Daniel Pinsky
Rua Dr. José Elias, 520, sala 1
Alto da Lapa | 05083-030 | São Paulo | SP
contato@editoralabrador.com.br | (11) 3641-7446
www.editoralabrador.com.br

A reprodução de qualquer parte desta obra é ilegal e configura uma apropriação indevida dos direitos intelectuais e patrimoniais das autoras. A editora não é responsável pelo conteúdo deste livro. As autoras conhecem os fatos narrados, pelos quais são responsáveis, assim como se responsabilizam pelos juízos emitidos.

*A todos aqueles que buscam
o sentido de suas vidas.*

Sumário

Prefácio — 9

Apresentação — 15

Acordando para a vida — 19

A "pedra"... Sonhos destruídos — 33

O barraco que virou casa: a arte nas paredes alegrando a vida — 51

O batizado — 59

A roda de conversa ao pé do fogo... O novo amigo — 67

Doença transformando a vida — 83

Notícia inesperada — 89

A roda de conversa ao pé do fogo... Refletindo sobre a vida — 93

A vida continua — 105

Glossário — 109

Prefácio

No início da década de 1990, o fenômeno do uso do *crack* pelas populações de rua começa a se apresentar e desenvolver na cidade de São Paulo. Nessa época, houve um crescimento gradativo da presença dessa droga, a "pedra", nos espaços e circuitos urbanos da capital paulista.

Filhos do calvário se inscreve nesse momento da história de São Paulo. Inspirada nas vivências e observações das autoras junto a essas populações de "caídos", de excluídos, a obra traça um retrato dinâmico — fluido e emocionado — de histórias de vida de seres que habitavam as calçadas e malocas da cidade nessa época.

Seres que viveram a transição, sentiram e vivenciaram a chegada da "droga da morte", a "droga maldita", como passaram a chamá-la em face do seu efeito devastador. Muitos lutaram e venceram, outros sucumbiram, tornaram-se os "caídos".

Este conto-relato — inspirado em histórias vivas e vividas — nos convida a mergulhar nesse mundo de sonhos, realizações, derrotas e conquistas de alguns seres humanos que se deixaram morrer e de outros que partiram em busca do sentido de suas vidas.

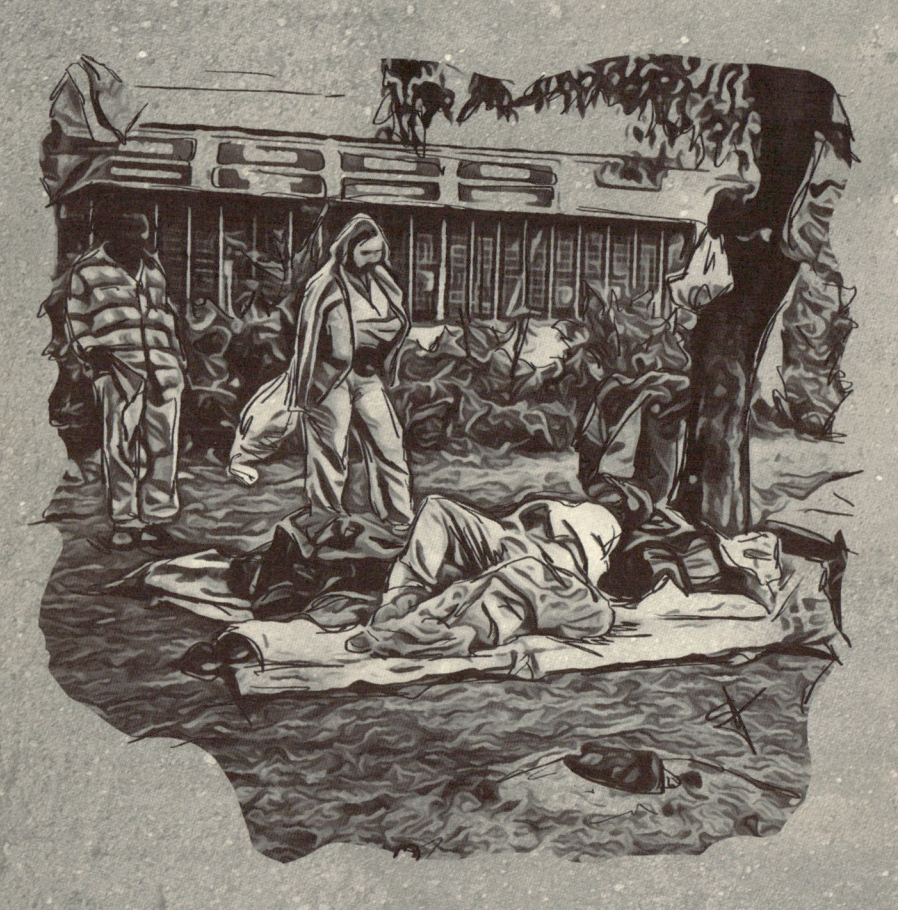

A resiliência é uma dança
bem-sucedida na música da vida.
Não uma dança com bailarinos
solitários: ela pede parcerias,
colaborações, empatia, encontros.
Ela fala de amor...

Apresentação

Caminhando pelas ruas da cidade de São Paulo nos deparamos muitas vezes com cenas que nos fazem deter o olhar, parar e ficar pensando...

Seres humanos envoltos em trapos, cobertos de sujeira, na maioria das vezes dormindo, largados nas calçadas. Se despertos, seus olhares são vagos, evitativos. Outros ainda perambulam transtornados sob o efeito de drogas ou alcoolizados, alheios à cidade desperta que passa ao lado, com transeuntes plenos de vida seguindo seus destinos.

Muitas vezes, tais moradores das ruas incomodam o mundo organizado, principalmente quando se juntam em grupos enormes, ocupando espaços urbanos a céu aberto, formando uma cidade dentro da cidade, regida pelo crack, a droga da loucura.

Quem são esses, que dormem ou vagam enlouquecidos? Ainda têm condições de acordarem para a Vida?

A história escrita neste livro — conto inspirado no viver das ruas — nos convida a refletir sobre essas questões, a passear com alguns desses "caídos" em suas existências de amores, dores e derrotas, e de retomada de suas identidades como seres humanos que partem em busca de um novo sentido em suas vidas.

Nas páginas a seguir, acompanharemos a figura do menino Julinho, que nasce em meio a esse mundo sofrido e — como estrela-guia — ilumina e desperta com sua presença o amor na vida de cada um que o cerca; assim como estarão presentes na história outros seres humanos, sensíveis, que saem pelo mundo levando a esperança, o "toque do acordar" na busca dos caídos: nos falarão de amor...

Acordando para a vida

Seis horas da manhã. Após a noite fria de inverno, famintos e sonolentos moradores de rua se juntavam na fila imensa do albergue esperando o café da manhã. Também na fila, a jovem moradora de rua Manu percorria os olhos curiosos pelas pessoas que ali estavam, reconhecendo-os todos: eram os mesmos de sempre nos encontros de cada manhã. De repente, ela o viu, quase na frente da fila.

Seus olhos de menina e moça se interessaram. Achou-o bonitinho. Ficou atraída por ele. Não se importou com seu rosto "cara de cachaça" e olhos inchados, igual a tantos outros que conhecia nas ruas em que vivia. Foi chegando perto, familiar, puxou conversa.

— Oi, sou a Manu. E você?

— Meu nome é Heitor.

Dali em diante ficaram juntos, presença fácil, sem grandes perguntas. No dia a dia perambulavam pelas malocas e ruas do pedaço, arrastando a existência de moradores de rua. Quando a fome chegava, procuravam comida batendo às portas de algum restaurante ou bar, sem se importar com a má vontade de quem entregava o alimento. A pinga, ganhavam fácil, como oferta de algum companheiro bêbado, ou compravam com o dinheiro das esmolas que recebiam. Esse era o circuito da rua. Tudo sempre igual, vida sonolenta e sem rumo.

    Manu, no entanto, tinha um desejo que guardava fundo no coração: queria ser mãe, ter um filho um dia... No sonho que acalentava, construía um belo mundo para ele, diferente de tudo aquilo que estava vivendo. Nele tinha uma casa, um lar onde cuidava com capricho de seu menino, que tinha até nome, Julinho, que lhe dera na construção completa e perfeita de seu mundo imaginário. Ali ele crescia feliz, sem sofrimentos, com a mãe e o pai que ela mesma não tivera em sua infância difícil. O abandono em sua vida de criança não atrapalhava seus desejos de menina e moça. Não se importava com a mãe que não a quis, com o maltrato que sofreu e que sofria. A chama desse sonho permanecia em seu coração, escondida embaixo dos entulhos e ruínas de seus dias de moradora de rua.

Certa noite, aconchegada a Heitor no chão de terra da maloca onde dormiam, perguntou ao companheiro:

— Mô, mozinho, vamo tê um neném?

Ele acordou surpreso com a pergunta inesperada de Manu, como se tivesse levado um choque que chacoalhou sua sonolência e apatia. Olhou para si mesmo, para sua condição de abandono, e pensou, preocupado: "Um filho? Como assim? Será que tenho condições? Como será com ele nesse mundo em que vivemos, cheio de agressão, miséria e loucura? Impossível! Ela mesma me disse, um dia, que a médica do hospital municipal informou que ela era estéril, que nunca poderia ter um bebê. Portanto, nada pra me preocupar".

E não pensou mais nisso. Os dois seguiram vivendo pelo mundo, naquele sono acordado de morador de rua.

Na maloca — onde passavam a maior parte do dia junto aos companheiros bêbados como eles —, o espaço para o convívio era pequeno, com poucas plantas e um chão de terra sem a grama que não sobreviveu à circulação constante dos moradores. Aconchegavam-se sobre panos, papelões ou colchões que às vezes conseguiam recolher. Algumas vezes a Prefeitura — como eles mesmos diziam, referindo-se aos funcionários municipais responsáveis pela limpeza de praças e ruas — passava nessa praça e recolhia os colchões e demais pertences. Ficavam sem ter com o que dormir, mas não se retiravam do local. A maioria vivia bêbada, drogada, pedindo esmolas. Às vezes brigavam entre si e algum mais exaltado furava alguém com uma faca. Estavam sujeitos a fome, frio, chuvas, doenças e agressões também de estranhos, que chegavam inclusive a queimá-los. Foi assim que o Muleta recebeu seu apelido, após sofrer vários atropelamentos, agressões e queimaduras que o deixaram deformado e com as pernas mutiladas, precisando de muletas para se locomover.

Os meses foram passando sem pressa para os habitantes da pracinha-maloca... Entre eles Manu, sempre ao lado de seu companheiro. O sonho de ter um filho ficou adormecido em sua alma mergulhada em um mundo sem esperança.

Certo dia, no entanto, chegou emocionada a Heitor e gritou com alegria:

— Grávida! Mô, eu tô grávida!

Ela já havia percebido sua barriga crescendo no dia a dia, sentiu que estava diferente, com enjoos que não passavam. Mas não deu maior atenção a isso. No entanto, naquele dia, foi diferente: algo se mexia dentro dela, empurrava... Impossível ignorar! Quando não teve mais dúvidas, anunciou para o Heitor o milagre de sua vida. Estava grávida! Rapidamente, em sua mente reanimada, acordaram os velhos sonhos que achara impossíveis. Tudo que desejara para si mesma, que quisera ter um dia em seu mundo de menina abandonada, estava ali agora, possível, realizável. E pensou, decidida: "Vou dar pra ele, pro meu filho, o conforto de mãe que eu não tive! Eu sou uma guerreira! Vou lutar por ele, vencer o mundo por ele".

Com o grito de alegria da companheira, a realidade chegou também para Heitor. De repente, seu filho estava se anunciando, crescendo naquela barriga. Era o pequeno Julinho que chegava convidando-o para acordar de seu sono e pesadelo de morador de rua.

Pensou no filho e ousou também sonhar... Renascia a esperança. Sonhos e projetos rapidamente tomavam forma em seu pensamento que se abria para ser feliz, que se abria para a vida. Decidiu então, cheio de propósitos, que pararia com a cachaça. Procuraria um lugar mais protegido para ficar. Nas soluções possíveis do mundo da rua, o quarto vazio que encontrara, no antigo casarão abandonado pertinho da maloca em que ficava com sua companheira, surgiu, providencial.

Tomou posse. Não se importou com os rostos estranhos dos muitos invasores — homens e mulheres de rua como ele — que se aninhavam nos quartos vizinhos ao seu, nem se preocupou que fossem usuários de drogas ou de pinga. Ali — pensou confiante — seria seu lugar, e aquelas quatro paredes que delimitavam seu espaço protegeriam sua companheira e seu filho que estava para chegar. Tinha até uma porta, que podia fechar e abrir para o mundo de fora.

Firme em seu propósito, sem o álcool, sentia que suas forças voltavam devagar. Com a ajuda de uma carrocinha de catar recicláveis que conseguiu em seus contatos pelas ruas, saiu à procura de móveis e objetos para o lar: armários velhos, colchão de casal usado, panelas que ninguém mais queria, fogão descartado por alguém, tudo isso foi trazendo em sua carrocinha. O quarto vazio foi virando casa, ninho feito de amor e de esperança que abrigaria sua família.

Os meses iam passando. Heitor e Manu, enquanto preparavam o pequeno lar, continuavam morando na rua, na maloca, onde passavam a maior parte do dia. Mergulhados naquele modo de viver, compartilhavam o espaço com outros moradores de rua, comiam juntos o pouco alimento que conseguiam. No entanto, na hora de compartilhar a pinga que chegava fácil até ali, Heitor e a companheira diziam não, que não queriam. Ninguém dali estranhava ou percebia essa atitude nova dos dois, pois estavam preocupados e ocupados em satisfazer o próprio vício.

À noite, exaustos por rodopiar sem rumo pela maloca e pelas ruas, deitavam-se lado a lado no chão de terra e se entregavam a um sono povoado de sonhos e pesadelos. Heitor pouco dormia. Ficava vigilante, protetor. Acariciava a barriga da companheira deitada ao seu lado, falava baixinho com o Julinho, que estava ali, crescendo sempre. Segredava os sonhos e planos que construía para ele, certo de que o filho podia ouvi-lo, de coração a coração, de alma para alma.

Muleta, deitado perto, às vezes acordava de seu sono de bêbado e ficava observando longamente a cena daquele pai amando o filho. Se emocionava... Compreendeu também a necessidade de proteger a família que se formava. Pouco a pouco foi esquecendo da bebida, que não mais fazia falta, pois um propósito maior acordava sua alma para a vida. Começou a viver aquela história em seu coração, a torcer pela vitória dos seres que considerava seus amigos. Quis colaborar fazendo arranjos no que pudesse, sempre por perto, ajudando o jovem pai na tarefa de proteger e cuidar.

Certa madrugada, deitada no chão de terra com Heitor ao lado, Manu, aflita, acordou o companheiro:

— Mô, mozinho! Tá doendo, começou! Acho que o Julinho vai nascer!

Levantando-se assustado, pensando rapidamente no que podia fazer, Heitor se lembrou do hospital municipal, que ficava perto. Levou Manu para lá a pé, parando muitas vezes no caminho quando as contrações e dores vinham mais fortes. A médica que os recebeu examinou Manu e falou:

— Está com quatro dedos de dilatação, mas não tem vaga aqui para interná-la. Vocês vão até o Amparo Maternal, maternidade que não fica longe daqui.

Preocupada com a notícia de que teria que buscar ajuda em outro local, Manu perguntou para a médica:

— Como é que eu faço?

— Ah — respondeu a médica — vocês pegam o metrô, descem na estação mais perto de lá e vão andando, que vocês chegam.

Sem discutir ou reclamar, foram até a estação do metrô, que ainda estava fechada. Esperaram ali, aflitos, por uma hora, encostados na parede, com Manu se retorcendo de dor. Finalmente a estação abriu, o trem chegou, embarcaram e iniciaram a viagem. Desceram na estação indicada, mas ainda faltava muito. O trajeto até o hospital, que fizeram a pé, não seria cansativo para alguém sem dor, mas para Manu parecia uma tortura.

— Tá longe? Tá doendo, mozinho! Pelo amor de Deus, tá aumentando!

— Calma, fia, calma, a gente tá chegando... Eu vou te levar um pouquinho no colo.

Levantando Manu nos braços, com muito esforço, Heitor a carregou por alguns quarteirões. Mas, vendo que ele não aguentava mais, ela falou:

— Não, mô! Desce eu que ocê não tá aguentando!

Com grande esforço, conseguiram chegar ao hospital. Entrando, desesperado, ele falou:

— Minha mulher tá grávida, tava com quatro dedos de dilatação de madrugada e agora acho que tá mais. Pelo amor de Deus, vai atender a minha mulher?

No Hospital, o bebê nasceu de parto normal.

Muleta apareceu para visitar. Conversando com ele, que ouvia atento, Manu contou:

— Quando o bebê nasceu o médico me falô: "é um menininho, forte, nasceu com três quilos e sessenta, não tem nada, é saudável". Na hora eu chorei de emoção, de vê o neném assim, porque a outra médica falô que eu nunca ia podê tê neném. A hora que eu vi ele, comecei a chorá. E o mais importante foi dizê que era um menininho... Eu queria um menino, porque menino, sei lá... Eu já sofri bastante, é duro ser mulher. Porque ser mulher e tando na rua, os home gosta muito de querê aproveitá, de querê abusá de você. E com o home não, o home já tem uma cabeça mais diferente... De repente, nunca sei o dia de amanhã, né? E o home não vai sofrê tanto...

E continuou sonhando e falando sobre o que desejava para o filho:

— Pra ele, quero principalmente dá muito amô e carinho, uma coisa que eu nunca tive de mãe. Dá bastante atenção pra ele, que ele cresça, estude, seja alguém na vida. Eu não tive estudo, estudei só até a primeira série, sei escrevê e lê, mas por esforço meu. Agora, eu quero bastante coisa pra ele. Que ele não ande na rua, não saiba o que é droga, o que é ficar na rua e dormir na rua. Essas coisas eu não quero que aconteça com ele, que eu sei o que é...

Lembrou-se de Heitor, da reação dele quando viu pela primeira vez o filho:

— Disseram pro Heitor que o menino não era filho dele. Foi uns amigo de araque. Quando o menino nasceu, ele foi seco no menino... porque o interesse dele era vê o menino, pra vê se era verdade que não era dele. Quando bateu o olho, ele ficou parado... Eu falei: "É, tomou um choque agora né?". Aí ele olhou pra mim, assim, e chorô... Catô o menino no colo e chorô. Ele tem um chamego danado com esse menino. Quando a gente começô a vivê junto ele começô a pará de bebê...

Ao receber alta do hospital, Manu e seu bebê foram levados por Heitor ao pequeno quarto no casarão invadido, quarto que virou casa completa, com tudo ajeitado direitinho pelo orgulhoso pai: os armários sortidos de utensílios domésticos e roupas doadas, o pequeno fogão, o colchão de casal que foi logo ocupado pela jovem mãe exausta e seu filhinho recém-nascido.

Olhando emocionados para aquele ser frágil, dependente, deitado no colchão, Heitor e Manu nasceram para uma nova realidade: tornaram-se pais...

Os fortes sentimentos de cuidar do tão desejado filho, de prover cuidados àquela vida que se apresentava ao mundo, levaram Manu a assumir seu papel de mãe. Em seu reduzido quarto-casa que fora transformado em lar, vivia a boa maternagem.

Era cuidadosa com seu pequeno Julinho. Levava-o ao médico, procurava mantê-lo limpo (dois banhos por dia), dava vitaminas apropriadas à idade (que conseguia com um médico responsável por um grupo que dava sopa aos moradores de rua), oferecia mamadeiras adequadas. Mostrava a caderneta de vacinas. Ao descrever os cuidados que tinha com seu filho para Muleta — que apareceu em visita — ela disse, toda orgulhosa:

— Sô eu que fico o dia inteiro com ele, fico aqui lavando roupa, cuidando da casa, dô banho nele cedo, e quando tá quase escurecendo dô outro banho nele pra ele dormir mais fresquinho, porque quando o calor tá forte ele fica enjoado. Aí troco ele, deixo bem arrumadinho, cheirosinho e limpinho. Quando o pai dele chega, a primeira coisa que ele faz é olhá pro menino e dizê: "Ah, nego, ó o pai, cadê o pai?"

Contou que ainda não tinha conseguido registrar o filho. Estava esperando o companheiro tirar novamente a carteira de identidade, que havia perdido quando andava bêbado pelas ruas. Sem a identidade do pai, o cartório não registrava o bebê.

A condição humana que faltou para Manu não foi suficiente para desumanizá-la. Conservou seu sonho de maternidade, acalentando-o persistentemente, mesmo morando nas ruas. Fez sua parte mantendo-se viva nesse ambiente inóspito, preservando-se e, ao ter um filho, quis inserir-se e inseri-lo em um contexto social melhor, fazê-lo cidadão. Não desejou vivenciar somente a experiência biológica da procriação, ou seja, da gravidez e parto. Ela quis mais: renascer nesse filho, reservar-lhe seus mais escondidos e acalentados sonhos de uma vida melhor, de um futuro promissor. Através de seus gestos, sonhos e cuidados, fazia a ele a declaração de seu amor.

Enquanto Manu se envolvia no dia a dia com seu filho, seu companheiro continuava firme na luta pela existência. Renascido pai, amava profundamente seu menino e, referindo-se a ele, dizia para seu fiel amigo Muleta:

— Eu tô feliz, nesse momento eu tô feliz. Tomara que ele seja feliz. Eu só não quero que ele sofra o tanto que eu já sofri. Já sofri muito. Desde os cinco anos que não tenho mãe. Então, de lá pra cá, minha vida é um sofrimento só. Já morei na rua. Agora não, graças a Deus eu tenho ali meu quarto. Tenho o lugar onde guardo minha carroça de catar papel. Por aí vou tocando a vida. Não é por mim mais. Agora é por ele, meu filho. Não tenho o que fazer por mim mais, agora é por ele.

A "pedra"... Sonhos destruídos

*"... não nos deixeis cair em tentação.
Mas livrai-nos do mal..."*

Os dias foram passando para os novos habitantes do pequeno quarto do casarão invadido. Alheios ao entorno, faziam dali seu mundo, um paraíso.

Manu, profundamente mergulhada em seu papel de mãe, repetia incansável as rotinas do dia a dia. Focada em seu filho, cuidava dele sempre, preparando mamadeiras, banhos refrescantes, as vitaminas necessárias. Mantinha a casa limpa, "cheirosinha", como ela mesma dizia. Tinha orgulho de sua nova vida, do mundo que criara, dos sonhos realizados. Enquanto isso, o bebê respondia bem aos seus cuidados, crescendo e se desenvolvendo com saúde.

Muleta sempre aparecia em visita. Quando chegava, ia direto até o menino que, como de costume, ficava deitado no velho colchão de casal. Acomodava-se ao seu lado, fazia gracinhas, brincava com ele, acenava-lhe sorrindo. Cheia de sorrisos, a criança reagia contente, com os olhos que brilhavam contemplando o amigo.

Heitor, no papel de pai provedor, continuava percorrendo as ruas com sua carrocinha, procurando recicláveis, arranjando o dinheiro do dia a dia. Não mais se embebedava, não era preciso: acordara para a vida, para o trabalho, para seu menino. Ao fim do dia tinha satisfação em voltar para o lar e encontrar o filho, ver a casa arrumada e bem limpinha. Encontrara a felicidade!

Certo dia, porém, chegou em casa e Manu não estava ali como sempre estava. O filho estava sozinho, deitado no colchão. A louça estava suja e a roupa amontoada no canto. Cara de abandono. Saiu procurando por ela, preocupado, batendo de porta em porta nos quartos vizinhos. Encontrou-a num quarto ao lado, no meio de um grupo de drogados, agitada e enlouquecida. Falou com ela, que quase não o ouviu, de tão mergulhada que estava na droga e na bebida. Arrastou-a para casa, aflito.

"O que tinha acontecido?", pensou desesperado. "O que ela tinha feito? Onde estava aquela mãe zelosa de todos os dias que o esperava orgulhosa pelo dia que tinha passado, cuidando da casa e do filhinho?"

Ali estava ela caída e apagada, sem forças para se levantar. O filho chorava e ela não ouvia. O companheiro falava e ela não escutava. Tinha mergulhado no mundo da droga e da loucura.

Vendo a companheira assim largada, Heitor agiu rápido. Pegou seu filho no colo e viu que estava sujo, cheio de cocô e de xixi. Trocou-lhe a fralda, movimentou-se para fazer a mamadeira que o bebê engoliu rapidamente. Estava faminto. Com o bebê mais calmo, colocou-o de volta na cama.

Com as providências mais urgentes tomadas e com o ambiente mais tranquilo, sentou-se à beira do velho colchão e se pôs a pensar: "O que aconteceu com ela? Por que ela caiu? Ela, que sempre foi tão forte e me chamou pra vida, que me trouxe o filho que amo tanto, está aqui agora, destruída, sem poder acordar... Enquanto a gente só bebia pinga na maloca não ficava assim, tão fora do ar".

Lembrou então da pedra, o crack, que estava chegando com força às ruas. Imaginou que essa droga terrível já estivesse disponível nos quartos vizinhos. Certeza forte tomou a sua alma. Manu tinha se drogado. Era o crack, a tentação que morava ao lado, fácil, disponível, convidando-a para cair. E ela não resistiu.

Com dor enorme na alma pelos sonhos destruídos procurou acordá-la. Ofereceu-lhe comida, que ela engoliu sem vontade. Não saiu mais de casa naquele dia. Ficou por ali, vigilante, cuidadoso com ela e com o filho.

Mais tarde, fortalecida com a comida que ele lhe dera, ela pôde conversar. Falou bastante, desculpou-se, fez muitas promessas ao companheiro que a ouvia. Afirmou que não cairia de novo naquela tentação que a derrubou e que a fez largar tudo, esquecendo do filho que tanto amava. Não, não queria mais isso. Ficaria firme! Voltaria a cuidar de tudo.

No dia seguinte, com a paz aparentemente de volta ao lar, Heitor resolveu sair para trabalhar. Tentou se tranquilizar com as muitas promessas que sua companheira fazia:

— Vai tranquilo, mozinho, que eu fico aqui. Vou cuidá de tudo, do nosso menino, da nossa casa. Quando chegá a noite, vou tá esperando ocê.

Ao voltar à noite, realmente ela estava no quarto com a criança. No entanto, estava diferente. Apática e abatida, não tinha feito os serviços com o cuidado costumeiro. Não tinha trocado a roupa do filho, que estava sujo. As roupas estavam amontoadas pelos cantos. E Heitor percebeu mais ainda: sentiu falta de objetos da casa, panelas e outros utensílios que um dia trouxera para organizar seu lar. Conversou com ela sobre isso, confrontou-a, mas ela negava sempre!

— Nada disso — dizia. — Ocê tá enganado! Tá vendo coisa que não existe! — E inventava histórias para desviar sua atenção.

No dia seguinte, abatido, triste e inseguro, saiu para o trabalho de catador com sua carrocinha. Trabalhou duro, o dia inteiro, percorrendo as ruas juntando o material descartado que lhe renderia algum dinheiro, procurando não se preocupar mais com a família.

Voltou à noite, esgotado. Queria descansar, ver o filho, escutar o riso que ele dava quando ouvia a sua voz. No entanto, dolorosa surpresa o aguardava: a casa estava vazia, sem ninguém. Ela tinha ido embora, saído para as ruas levando o menino. A dor da descoberta ficou maior quando, na última tentativa de achá-los, saiu procurando pelos dois batendo de porta em porta no velho casarão invadido. Ninguém por ali os viu, nem veriam, ocupados que estavam em se drogar, enlouquecidos... Saiu pelas ruas. Foi até a maloca, perguntando por ela aos seus amigos e ao Muleta, que estava lá, mas também não tinha notícias para dar. Tristeza enorme o abateu.

Voltou arrasado ao pequeno quarto vazio. Sentiu que não tinha mais um lar. Deitou-se no velho colchão, onde sentia ainda o cheiro do seu filho, e começou a chorar... Por longo tempo as lágrimas correram soltas, abundantes, e ele as deixava sair... Que lavassem sua alma desesperada, que lavassem suas dores de saudades e preocupação. Longo tempo ficou ali chorando, até que foi se acalmando devagar e começou a pensar.

A figura de seu filho foi surgindo forte em suas lembranças: viu-o sorrindo, estendendo os bracinhos para ele e pedindo colo, querendo seu carinho. Como estaria ele agora, com a mãe enlouquecida, vagando pelas ruas? Desesperou-se. Levantou-se aflito e saiu à sua procura. Novos pensamentos surgiam enquanto caminhava quase sem rumo, sem saber onde procurar: "Não vou ficar mais lá naquele quarto! Vou construir um barraquinho longe dali pra levar meu filho quando o encontrar".

Lembrou do terreno vazio onde guardava a carrocinha: "É lá onde vou reconstruir meu ninho, meu cantinho! O dono do terreno, que já me deixa guardar ali a carrocinha, certamente vai me deixar construir o meu barraco".

Com esperanças brotando de novo em sua alma, recuperou as forças para lutar pelo filho. Foi até a maloca onde estava Muleta e lhe deu a notícia. Contou que Manu tinha ido embora, que caiu nas drogas, levando seu menino. Falou dos novos planos para o amigo e pediu ajuda para construir o seu barraco.

Muleta, surpreso, preocupado com o que o amigo lhe falou e lembrando do menino, prometeu ajuda:

— Pode contar comigo, estamos juntos! Vou fazer o que puder!

Sabia que em sua condição de pessoa com deficiência, arrastando-se com muletas, seria difícil atender ao pedido do pai aflito. Mas não se importou com isso. Buscando soluções, pensou que poderia falar com mais pessoas, pedir ajuda. Lutaria também pelo menino!

Heitor seguia em sua procura incansável pela companheira enquanto providenciava também a construção do novo ninho. Novos amigos vindos da maloca foram chegando para a tarefa. Muitos bêbados, doentes, abatidos. Entre eles estava Daniel, que acordou do seu sono de cachaça para atender ao chamado dos amigos.

Na medida em que trabalhavam, esqueciam-se da pinga. No monte de coisas recolhidas e guardadas no terreno ao lado da maloca, acumuladas por Heitor em suas andanças pelas ruas, estavam os materiais de que precisavam. Criativos e animados, escolhiam o necessário, serravam madeiras e abriam covas para o alicerce: construíam pouco a pouco. Heitor dividia seu tempo e suas forças entre a construção do novo lar e a procura sem descanso pelo filho.

Certo dia, ele os encontrou. Viu Manu drogada, deitada na calçada quase inconsciente, junto ao seu menino. Espantou-se com a aparência dele, que estava muito magro, abatido, sujo, cheio de feridas. Tinha a mesma aparência da mãe, que o mantinha junto ao corpo adormecido. Chegando perto do filho, tentou chamá-lo, brincar como sempre fazia quando chegava em casa: "Ah, nego, o pai chegou, ó o pai! Acorda!", mas ele pouco reagiu. Não sorriu de volta, não levantou os bracinhos querendo colo, estava quase apagado para a vida.

Desesperado, virou-se para Manu tentando acordá-la. Gritou seu nome, chacoalhando-a com força. Sonolenta, ela abriu os olhos apavorada e agarrou-se ao menino.

— Não! — gritou ela, alucinada. — Não vô dá ele pra ocê! Ele é meu, é o meu menino!

O bebê, assustado, começou a chorar, agarrando-se também à mãe. Heitor recuou. Entendeu a situação. Percebeu que não poderia tirá-lo à força daquele abraço, arrancá-lo de qualquer jeito da mãe que se grudava a ele desesperada. Afastou-se, olhando-os de longe, e pensou mais calmo no que faria: "Vou embora. Volto amanhã e tento novamente pedir pra ela que me entregue o menino. Não vou desistir! Vou lutar! Não vou descansar até trazer o Julinho comigo".

Voltou à construção do seu barraco, que ia acelerada, com os amigos improvisados em construtores. Deu-lhes a notícia, contou que encontrara Manu e o menino, falou da triste situação em que estavam.

Dor geral. Pararam o serviço, desolados, pensando na tragédia que ouviram. Muleta, reagindo, pediu para acordarem da tristeza. Não podiam ficar parados. Tinham que lutar pra terminar logo o barraco pro Heitor trazer o Julinho! Voltaram então ao serviço, de ânimo recobrado, acelerando mais ainda a obra que já estava quase no fim. O barraco era pequeno e pouca coisa faltava fazer. Conseguiram terminar naquele mesmo dia. Foram, logo a seguir, ao quarto de Heitor no velho casarão

invadido e trouxeram as coisas que ainda lá estavam para mobiliar o novo lar. Retomaram a esperança...
O pai, no entanto, permanecia preocupado. Sabia que teria uma luta enorme pela frente para reaver seu filho. Incansável, sem nunca desistir, ia todo dia até o local onde estava Manu e implorava que lhe entregasse o menino. E ela recusava sempre... Até que um dia, já sem forças pelo uso da droga, exausta e abatida, ela percebeu que não poderia mais cuidar do Julinho. Em momento de rara lucidez, conseguiu enxergar como ele estava, viu a magreza de seu corpo, as feridas, e entregou o filho ao pai cuidadoso e entristecido, que o recolheu nos braços.

Carregando o menino no colo, o jovem pai seguiu até o novo canto que os aguardava, colocando-o no leito improvisado pelos companheiros. E todos ajudaram, providenciando cuidados. Estavam sóbrios, obedecendo ao Heitor, que pediu que parassem com a pinga se quisessem entrar em sua casa para ajudá-lo com o filho. Ficaram impressionados com a aparência do pequeno Julinho: quase sem forças, desnutrido e cheio de feridas pelo corpo. Seus olhinhos tristes e apagados, sem aquela luz de alegria que conheciam, não reagiam às brincadeiras de Muleta, que tentava animá-lo.

O menino permanecia indiferente, como se não mais o conhecesse.

A tristeza se espalhou pelo grupo. Chegaram até a duvidar que Julinho conseguisse sobreviver. O pai, reagindo, começou a preparar o banho do menino. Enquanto o banhava, Muleta cuidou da mamadeira. Apesar de faminto, Julinho quase não conseguia engolir. Gota a gota foi bebendo o líquido e adormeceu nos braços acolhedores do pai.

E assim foi, dia após dia...

Com a ajuda também de Daniel, que deixara totalmente a cachaça, os três ficaram dia e noite no barraco lutando pela vida de Julinho, que lentamente foi reagindo. As feridas foram secando. Começou a aceitar a mamadeira. Já reagia às brincadeiras com sorrisos...

Não tiveram mais notícias da Manu. "Onde estaria?", eles se perguntavam, sem esperanças de achá-la. Sabiam da força do crack, que levava seus usuários à loucura.

Certa noite fria em que o já refeito Julinho dormia no barraquinho, Heitor, Muleta e Daniel se reuniram em torno da fogueira que fizeram em frente ao barraco para se aquecer e conversar. A lua ia alta no céu estrelado e sem nuvens.

Aquecidos pelo fogo e a presença dos amigos, começaram a conversar, a pensar na vida. Tinham vontade de falar, soltar lembranças, trazer ao companheiro sentado ao lado o que pensavam sobre o que tinha acontecido.

Heitor começou a falar primeiro, pensando na companheira que sumira pelo mundo, em como ela encontrou a droga fácil, bem ao lado do quarto em que moravam. Refletia também na situação do mundo em que viviam, e desabafou:

— Antes não tinha tanta droga na cidade, na maloca era só pinga. Agora a maloca tá empesteada! O ponto de droga agora é muito fácil. Como se diz: em quase todas as esquinas tem um ponto... Eu acho que o índice de droga aumentou muito, principalmente depois do crack, né?

Concordando com o amigo, Muleta continuou:

— E eu vejo o pessoal se envolvendo com essa tal de pedra, isso aí... porque a maioria das mães tá abandonando os filhos por causa das drogas, por causa da pedra... Às vezes é até uma boa pessoa, mas se viciou nisso aí... E a gente perde a confiança, porque pra mim a pessoa que se vicia nessa tal de pedra perde a confiança dos outros. Seja quem for, seja homem ou seja mulher, porque aquilo ali não é vida pra ninguém.

E apontando para o barraco onde Julinho dormia, falou sobre o menino:

— Esse aí a gente pode dizer que nasceu duas vezes! Por causa de quê? Por causa da pedra! A mãe trocava a pedra pelo filho. Tudo bem: ela não largava dele, ela andava com ele, mas em compensação... era drogada direto! E o sofrimento da criança dobra, porque é uma pessoa inocente que tá sofrendo e não sabe por que tá passando aquilo. Então é o que eu penso... porque eu também fui criança e não tive uma boa infância... então o que aconteceu comigo no tempo de criança eu não quero que aconteça com outro. Não quero, não... não queria que acontecesse. Porque não tá no querer da gente. Tá na vontade do pessoal que tem condições, né?

Interessado, continuando o assunto, Heitor perguntou:

— E quem é que tem condições?

— O próprio governo! — respondeu Muleta. — O governo do estado, o prefeito de uma cidade... Se ele quiser mesmo organizar, ele pode, porque eu acho que ele não ia ter nenhuma pessoa que votasse contra o que ele fosse fazer de bem e de bom pra uma criança, pras crianças. Não pra uma, pras crianças... E isso é uma das coisas que, muitas vezes... Eu fico ali deitado, eu fico pensando...

Daniel, ouvindo a conversa, começou a pensar na própria vida, em como também tinha sofrido caindo de bêbado nas calçadas e dormindo na maloca, sofrendo a dor de um amor não correspondido. Pensou na noiva que o abandonara e que foi embora com outro de repente, deixando-o desesperado e desiludido. Lembrou dos estudos e do emprego que tivera, do sonho de construir seu lar e ter seus filhos... Com tudo acabado, dormindo sempre bêbado na maloca, recebeu ali o convite para a vida. Sentiu a dor do Heitor, sofreu pelo seu filho, acordou do sono de cachaça e foi desperto auxiliar o amigo. Lúcido, quase com mágoa, completou a fala de Muleta, alongando o pensamento para o meio social em que viviam:

— A gente vê muita desigualdade social, meu Deus! Hoje em dia a gente pode até desabafar, porque antigamente eu tava falando isso aqui e podia até ir pra cadeia, certo? Você vê os caras roubando na sua cara, anda tudo de gravata... E eu, só porque sou trabalhador, de vez em quando sou parado pela polícia. Até sujo eu já fui parado no portão em que eu estava, todo sujo de tinta. E eu tenho cara de ladrão? Que que é isso! E os caras lá dando risadas, depois querem voto. Eu me desinteressei pela política. O que eu já falei:

colarinho branco roubando todo mundo, passa batido. Engraçado que só tem cadeia para a classe pobre. A cadeia deles tem tudo lá dentro: vídeo, televisão! Isso até eu queria. Mordomia... Porque pra eu sobreviver eu sei o que é que eu faço. Trabalho doente...

Demonstrando orgulho em ser trabalhador, em gostar do trabalho, mesmo das tarefas mais simples que conseguia pelas ruas, Daniel continuou:

— O cara que venha dizer que eu sou isso, eu sou aquilo. Não sou! Eu sou eu! Eu fui e sou trabalhador. O meu objetivo sempre foi crescer. Eu quero agora uma chance, poxa, eu quero uma chance assim no trampo, não quero que ninguém me dê esmola. Dignidade pra mim é o cara digno de trabalhar. Dando pra sobreviver, poxa, para com isso! Para de pedir esmolas. Eu gosto de comer do suor do meu rosto. Eu ando de cabeça erguida mesmo! Eu acho lindo isso em mim! Aprendi com o meu pai, que era digno.

A lembrança do pai despertou memórias da família distante. E Daniel continuou a falar, cheio de saudades:

— A minha vó... A finada minha vó, quando ela morreu eu não tava lá... Mais de cem netos, mas eu era o xodó dela. Eu fui criado... Nossa!

O carinho era tanto que até ultrapassava, vocês entendem? Ultrapassava porque eu falava: "Poxa, vó, cê tem tanto neto, mas só pega no meu pé?". E ela respondia: "É que eu gosto de você, e enquanto eu não morrer você vai ser do jeito que eu quero".

E concluiu:

— Minha família é simples, mas com aquela educação que a pessoa tem que ter de berço, vocês me entendem? Aquela coisa de simplicidade... A higiene principalmente, poxa! Então a minha família é assim e eu acho lindo o jeito, né?

Pensando no que os amigos disseram, e refletindo em sua própria vida, Heitor começou a falar:

— Eu tenho agora que cuidar do Julinho, eu não posso deixar ele sozinho, né? Como eu falei: o que eu tenho que fazer por ele eu vou fazer. Vou lutar o máximo que eu posso pro melhor pra ele, não o pior, o melhor, porque quem sofreu não quer sofrer duas vezes. Então a gente tem que procurar evitar muitas coisas pra tocar a vida... porque se for mexer em tudo, em tudo, não dá certo. Ou seja, uma etapa de cada vez, porque se for fazer tudo... E a minha vida é essa agora... Tamo tocando o barco porque agora eu tô como eu falei: ele me segura um pouco, mas por outro lado me dá mais alegrias.

Silenciosos, pensativos, resolveram parar a conversa que havia seguido animada varando a noite fria. Já era quase de madrugada. Decidiram ir dormir. Sabiam que no dia seguinte teriam que cuidar do Julinho, que agora estava mais forte, cheio de vida, e exigia cuidados e atenção de todos.

Combinaram que Muleta e Daniel ficariam no barraco, passariam o dia cuidando do Julinho enquanto Heitor saía para o trabalho de catar papelão com sua carrocinha. Ajudariam o pai na tarefa de cuidados com o filho. Heitor sairia para ganhar o dinheiro necessário para sustentar a pequena família que se formara, a dos três amigos com o menino.

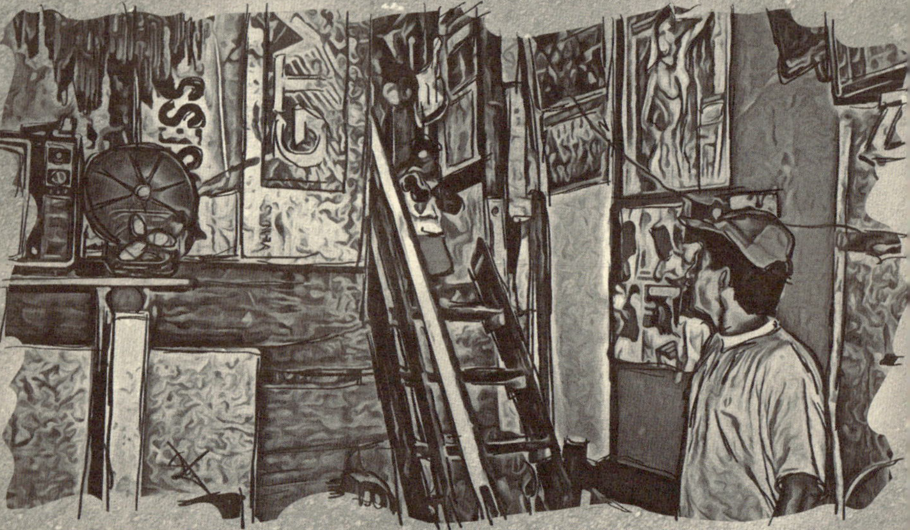

O barraco que virou casa: a arte nas paredes alegrando a vida

Enquanto passavam o dia cuidando da criança, empenhavam-se em contínuos arranjos no barraco, criativos na arte de despertar e cuidar da vida. Com o que achavam no monte de materiais recicláveis trazidos por Heitor em suas andanças e acumulados no terreno, promoviam contínuas mudanças no pequeno abrigo, que foi crescendo.

Trabalhavam com alegria, conversando alto, falando muito.

Foram ampliando os espaços engenhosamente. Um quarto superior foi acrescentado para Heitor e Julinho. Fizeram até uma escada de madeira que os conduzia com segurança ao patamar de cima. No entanto, não ficavam somente construindo e consertando. Enquanto procuravam no entulho os materiais que serviriam para a construção, recolhiam tudo aquilo que achavam bonito.

— Olha só como isso é lindo! — gritou Muleta para o Daniel, que trabalhava perto, chamando sua atenção para o papel brilhante e colorido que encontrara no monte de entulhos.

— É lindo mesmo! — concordou Daniel. Entusiasmando-se com o achado, desceu da escada em que estava apoiado consertando umas tábuas e foi também revirar os materiais, garimpar na busca de alguma coisa que achasse bonita.

Enquanto estava entretido vasculhando tudo, Muleta chamou Daniel novamente e pediu que olhasse para o que tinha nas mãos. Era uma serrinha pequena de cortar ferro usada em trabalhos manuais. Estava enferrujada, gasta pelo uso. Daniel, sem entender exatamente o que ele queria dizer com aquilo, o porquê de ter trazido o objeto, percebeu que ele queria conversar. Sentou-se calmamente ao lado dos entulhos, olhou atencioso para o amigo, e perguntou:

— O que é isso, Muleta? Por que você está me mostrando isso? É pra enfeitar a parede do barraco?

— Isso aqui, meu amigo... — respondeu ele, emocionado. — Eu já te conto. Isso era do tio Lúcio, que vivia com a gente na vida da maloca, no tempo em que lá só tinha a pinga... Tio Lúcio vivia embriagado, sorrindo sem parar, era pura alegria.

Não tinha maldade, gostava de todo mundo. Um dia ele achou essa serrinha no meio da terra, no lixo que estava espalhado por ali. Pegou ela nas mãos, ficou olhando pra ela encantado, achando bonita, e ficou rindo pra ela sem parar. Eu tava deitado perto, olhando, e fiquei achando bonito aquilo também: o tio Lúcio se alegrando com a serrinha, como se ela fosse a coisa mais linda do mundo! Depois de bom tempo olhando pra ela, ele foi até a árvore que tinha na pracinha e pendurou ela no tronco. E ela ficou por lá, segura e respeitada por todos, que sabiam que ela era do tio Lúcio. Quando ele morreu, numa noite fria, ali mesmo na pracinha, eu fui lá e peguei a serrinha e guardei sempre ela comigo.

Emocionado também com a história, reconhecendo o que a serrinha representava para o amigo, Daniel perguntou:

— Vamos então pendurar ela na parede pra enfeitar também o nosso barraquinho?

Muleta aceitou e agradeceu emocionado. E lá foram pendurar o objeto, junto ao restante dos enfeites coloridos...

Todos os achados tinham endereço certo: enfeitar o barraco por dentro. Nas paredes colavam os cartazes descartados de propagandas, capas de revistas, pedaços de pano e jornais que lhes chamavam a atenção. Cores fortes e variadas misturavam-se aos objetos que achavam bonitos. Arte espontânea, sem censuras, guiada pelos sentidos deslumbrados com as cores que viam.

    O barraco crescido e enfeitado falava do ânimo que os possuía: alegria de viver e construir a vida! Felizes em ver o Julinho recuperado e crescendo bem, correndo e brincando por ali sob seus olhares atentos, passavam os dias ocupados ajeitando tudo na casa do pai acolhedor e amigo.

    Os meses foram passando.

    Certo dia Heitor chegou em casa, vindo do trabalho, com uma novidade: tinha arranjado nova companheira e a trouxe para apresentar a eles. Gostaram dela. Foram atraídos pelo seu sorriso fácil, jeito tranquilo e, principalmente, pelo modo como se entendeu com o menino. Sorridente, Julinho foi chegando perto e puxou conversa em seu modo de criança, mostrou-lhe os brinquedos preferidos. Ficaram os dois por longo tempo assim, nessa troca confiante e espontânea de amizade, enquanto Heitor se explicava:

    — Gostei dela, da Aninha... Já faz uns dias que a gente se conversa, foi se entendendo. Ela também não tem ninguém, mora sozinha pelas ruas.

O principal é que não gosta de cachaça nem de crack, e gostou do meu convite pra vir aqui morar comigo e o menino.

Aninha, aprovada por todos e aceita como companheira e mãe para o Julinho, instalou-se no barraco. Acostumou-se fácil. No dia a dia fazia as limpezas necessárias, cozinhava o alimento, cuidava zelosa do menino.

Enquanto Heitor saía para o trabalho, Muleta e Daniel ainda passavam o dia no barraco tentando ajudar no necessário, como sempre faziam. No entanto, passando os dias, perceberam que já não faziam falta, que tudo ali estava em ordem. Heitor tinha de novo uma família...

Sóbrios e refeitos na saúde, sem sentir falta da cachaça e percebendo que Julinho não precisava mais deles, pois tinha agora pai e mãe cuidando dele direitinho, resolveram sair de novo pelo mundo. Estavam diferentes. Não eram mais os bêbados desiludidos que dormiam com a cara na calçada, desacordados para o mundo e para a vida. Traziam a aparência renovada. Usavam roupas limpas, tinham os cabelos bem cuidados.

As mudanças em Muleta eram visíveis e impressionavam principalmente aqueles que o conheceram antes, caído nas calçadas e na maloca, bêbado e sempre dormindo. Com o rosto desinchado e sem as feridas causadas pelos muitos atropelamentos que havia sofrido, ressurgira um novo homem! Cuidava da aparência, com roupas limpas, cabelo bem cortado. Mais seguro com as pernas, exercitadas no trabalho constante no barraco do Heitor, abandonou aos poucos as muletas e começou a dar passos mais seguros. Nos cabelos, tomou gosto pelo corte black power, que lhe assentou bem no rosto emagrecido. Sorria mais vezes. Retomada a vontade de viver, saiu à procura de um trabalho que fosse adequado às suas condições de pessoa com deficiência. Não demorou para encontrá-lo. Uma empresa próxima ao barraco de Heitor o acolheu. Tinha salário, programa de benefícios, alugou até um quartinho numa pensão ali por perto. Mas não abandonou os seus amigos...

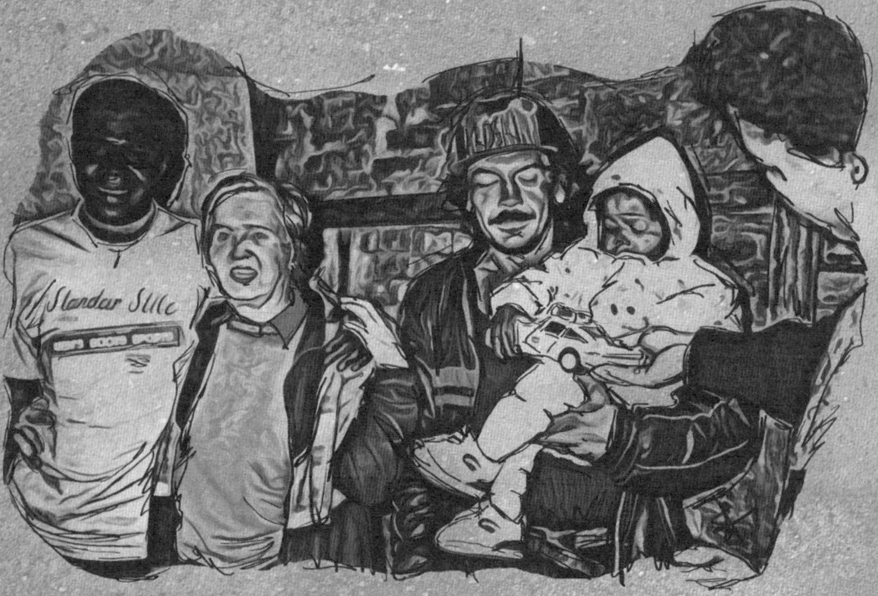

O batizado

Heitor — pai, companheiro e provedor da casa — não perdeu seu jeito de viver, aberto para a vida e os amigos. Tinha suas regras, que impunha à pequena família e àqueles que chegavam. Todo mundo já sabia: "se quiser ir na casa do Heitor, não pode beber pinga ou usar nenhuma droga". Com a ordem obedecida e respeitada, a vida seguia sem grandes surpresas para as pessoas que lá viviam ou vinham em visita. Havia lugar para todos. A porta ficava sempre aberta ou encostada, era só empurrar e entrar, como eles mesmos diziam. Muleta e Daniel, apesar de não morarem mais ali, sempre apareciam.

Certo dia, Heitor chamou o Daniel para conversar, fazer-lhe um convite:

— Você quer ser o padrinho do Julinho? Queria que ele fosse batizado, e que você fosse o padrinho.

— Eu? Por que eu? — perguntou emocionado.

— Porque acho que você gosta do meu filho.

— É verdade, gosto mesmo dele. Você tem razão. Lembro dele cheio de ferida, miudinho, doentinho, e você indo buscar papelão pra manter esse menino. E eu ficava aqui cuidando dele, trocando a fraldinha, dando mamadeira. Quando ninguém mais quis ele, nós três ficamos aqui cuidando dele, você, eu e o Muleta... Eu não tenho nada, sou pobre, mas o meu coração tá ligado, o que eu tinha e tenho é pra nós mesmos... Precisou de mim, eu não tenho nada, mas eu tenho fé. E eu vou pra cima e consigo. O Julinho, eu acho muito lindo, nossa! Eu vejo hoje ele andando e correndo, pulando... Pensei que ele não fosse conseguir. Ele é um herói. Deus vai dar muita saúde pra ele!

Com o convite aceito, começaram os dois, pai e padrinho, a planejar o batizado do menino.

Chegou o dia do batizado! O pequeno lar de Heitor estava em festa. O menino Julinho, vestindo um agasalho branco e seguro por Daniel, passava de colo em colo, sorrindo. Não estranhava ninguém.

Os moradores de rua da pracinha-maloca próxima eram alguns dos convidados. Respeitando as ordens de Heitor para lá comparecerem, vieram sóbrios, sem sinais de embriaguez recente, apesar dos rostos inchados e deformados pelo uso constante da droga e da cachaça. Muitos deles, doentes, mal se sustentavam em pé, mas ficavam firmes por ali, em honra ao pai e ao menino. Entre eles estavam a Celeste e seu companheiro Zé Carlos, velhos conhecidos do pedaço e amantes da droga e da cachaça. Muleta também por lá estava, fazendo junto ao pai as honras da casa e recebendo os convidados com alegria.

Outros convidados foram chegando: vizinhos próximos do terreno do barraco, que conheciam bem os componentes da pequena família e sempre ajudavam com o que podiam. Estava lá também o pessoal da igreja e do albergue, funcionários conhecidos de Heitor. O sacerdote que iria ministrar o batismo chegou todo paramentado. Seus auxiliares traziam filmadora profissional, luzes para a filmagem e um violão para acompanhar as músicas que seriam cantadas durante a cerimônia.

Cartazes foram colados nas paredes do barraco sobre os enfeites coloridos, com os dizeres "O Senhor fez em mim maravilhas" ou então "Somos cidadãos da terra e do céu".

Ninguém se preocupava com o espaço do barraco, incapaz de acolher dentro dele todo mundo. Ficavam circulando ali dentro e lá fora, espalhando-se pelo terreno, desviando-se dos entulhos. Na hora da cerimônia, que foi feita dentro da pequena casa, as pessoas se espremiam em torno do sacerdote para poder melhor ouvir e enxergar. Daniel também estava perto dele, carregando Julinho no colo e ao lado de Heitor com sua companheira.

Palavras de fé e de incentivo, cantos e louvores foram ouvidos. Em dado momento, quase ao fim da cerimônia, a palavra foi passada a alguns participantes — principalmente aos moradores da maloca — pedindo que respondessem à pergunta: "O que você vai pedir a Deus, que Ele dê para você, o que mais você deseja nessa vida?".

Zé Carlos adiantou-se, foi à frente e disse:

— Eu quero saúde, educação e amizade!

Sua companheira Celeste disse que também queria pedir. Foi à frente e pediu com voz firme, olhando para o alto:

— Eu vou pedir! Eu quero sair da rua! Eu quero arrumar um lugar pra mim! É o bastante!

Fez-se profundo silêncio no ambiente, quebrado por alguns segundos por uma exclamação-lamento feita por um dos participantes:

—Jesus!

Avançando para a frente, Daniel pediu em voz alta:

— Eu quero que Deus me ilumine, que sempre me dê força — que eu tenho — pra eu trabalhar e ir embora pra minha terra...

Finalmente, um dos moradores da maloca, o Pedro, se adiantou e pediu:

— Eu peço a Deus que me ajude pra que nesses meus dias de vida eu tire meus documentos... Eu sempre trabalhei, eu tô precisando trabalhar e realizar. Eu não vim pra ficar nessa, nessa situação...

Em seguida cantaram a música "Segura na mão de Deus". A cerimônia se encerrou após o batizado, com bolo e guaraná servidos a todos, oferta do dono da casa. Terminada a festa, após a retirada dos convidados, Muleta e Daniel começaram a colocar a casa novamente em ordem, junto a Heitor e sua companheira, que se dividiam entre as arrumações e os cuidados com o Julinho. Trabalhavam alegres, comentando satisfeitos que a festa tinha dado certo, o batizado tinha sido muito bonito, que não tinha havido brigas, que ninguém estava bêbado ou drogado.

O serviço terminou tarde da noite. Heitor, reparando que Daniel e Muleta estavam bem cansados, convidou-os:

— Fiquem aqui, podem passar a noite, vão dormir no quarto aí de baixo.

Os dois aceitaram a oferta e ficaram. Sabiam que não estariam atrapalhando a família, que agora podia dormir no quarto de cima do "sobrado" junto com o Julinho. Afinal, pensaram, o barraco agora tinha mais esse lugar e eles tinham trabalhado duro ajudando o Heitor a aumentar a casa, construindo mais esse quarto onde eles podiam passar a noite perto dos amigos. Lembraram do sacrifício que foi levantar tudo aquilo, do trabalho que deu para fazer um banheiro no terreno fora do barraco, um banheiro que tinha até chuveiro e privada. Até um tanque para lavar roupas ali foi construído. Olhavam tudo aquilo satisfeitos, pensando na luta que enfrentaram para tudo ficar pronto. Emocionados, pensaram nos vizinhos que os ajudaram, emprestando a luz e encanamento d'água para o conforto da pequena família. Assim, refletindo, foram dormir de madrugada.

No dia seguinte foram embora logo cedo, com promessas de que voltariam à noite para conversar e trazer um novo amigo para apresentar ao Heitor, pessoa de confiança e de respeito que tinham conhecido pelas ruas.

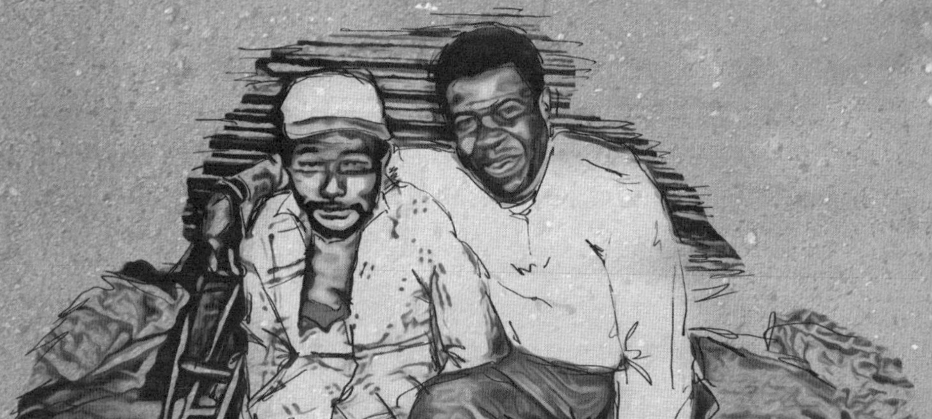

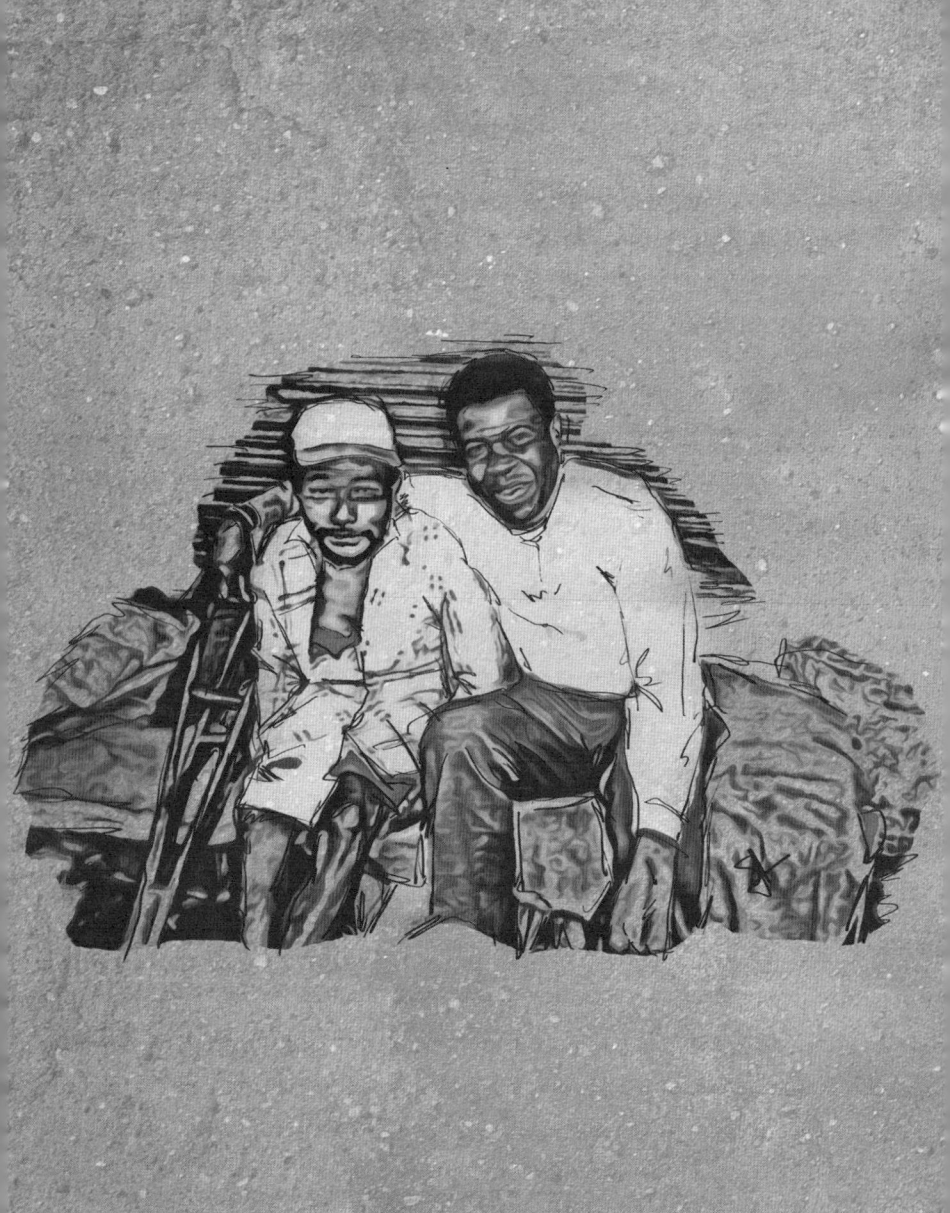

A roda de conversa ao pé do fogo... O novo amigo

À noite, como prometido, chegaram Daniel e Muleta trazendo Hermes, o novo amigo. Entraram sem cerimônias pelo grande portão só encostado e sem fechadura que ficava à frente do terreno. Heitor já estava esperando, atarefado, preparando a fogueira para a conversa que teriam. Julinho e Aninha dormiam no barraco. Apresentações feitas, puseram-se os recém-chegados a ajudar o dono da casa na preparação, trazendo cadeiras e colocando-as em círculo ao redor das chamas que subiam alto, aquecendo e iluminando o entorno. A noite estava perfeita para o encontro. Céu sem nuvens, estrelas que brilhavam, vento leve e agradável que soprava convidando-os para a noite de conversa.

Sem demora foram se sentando, à vontade. Heitor, dirigindo-se ao convidado, perguntou:

— Então você é o Hermes? O novo amigo do Daniel e do Muleta.

— Isso mesmo — respondeu ele. — A gente se conheceu aí pelas ruas. Faz tanto tempo que estou nas redondezas, mas a gente não havia ainda se encontrado. Eu estava numa noite dessas com o grupo da Associação de Amparo aos Moradores de Rua, distribuindo sopa pro pessoal da maloca, quando eles chegaram. Nos entendemos logo de cara e começamos a conversar. Aí eles me falaram daqui, do seu barraco, como era gostoso aqui pra se encontrar. Me convidaram. E agora aqui estou eu!

— Pode chegar! Bem-vindo no pedaço! — respondeu Heitor. — Por que você estava no grupo da sopa? Como chegou até eles?

— Ah, meu amigo, eu já te conto... Minha vida é uma história.

E continuou a desfilar lembranças, confiante, aos ouvidos atentos:

— Eu vivia bêbado, caído no chão de terra de outra maloca que fica em outra praça aqui do bairro. Não conseguia largar o vício. Minha tendência foi grande e a compulsão foi maior ainda, só pela bebida. E o meu final foi a sarjeta... Eu perdi a moradia, o emprego, os amigos. Perdi a confiança e o respeito, fiquei um zé-ninguém, porque eu não tinha mais a confiança de ninguém.

Entrando na conversa, identificando-se com a história que estava ouvindo, Daniel começou também a recordar:

— E pra mim... Eu caí na rua por causa de uma tristeza grande que sofri quando perdi minha noiva, que foi embora com outro. Foi aí que eu entrei na pinga. Me esqueci de viver quando perdi essa menina. Foi quando tudo começou, a decepção, e eu conheci a rua, porque eu não sabia nada disso de rua, nada, nada... Eu trabalhava antes honestamente. Aí, quando fui pra rua, perdi meus documentos e a dificuldade começou. Comecei a beber cada vez mais, a conhecer gente da rua...

E continuou, emocionado:

— Uma vez, eu tava embriagado e fui atropelado. Me levaram no pronto-socorro, onde fui engessado, daí me levaram de volta pra maloca... Era noite de Natal. Eu chorando ali, engessado, deitado no chão, olhei pra cima e vi estrelas. Poxa, me senti o cara mais diminuído do mundo, vocês entendem? Você ser um grão de areia, assim... Diminuído de tudo, meu Deus... Eu longe, desprezado... Os fogos tocando, à meia-noite, o mundo festejando, e eu naquela dor...

Heitor continuou em seguida:

— E estar na rua, passando necessidade das coisas, não ter um lar, é o que faz a pessoa beber mais, ficar revoltado... Eu fui abandonado pelo meu pai quando era menino. Minha mãe faleceu logo em seguida. Fiquei sozinho. E meu pai que era uma pessoa pra me dar apoio, que era o responsável por mim, ele me largou.... Ele se casou de novo. Eu, com a mulher dele, nós dois não bate, nós dois se tromba... E eu escolhi o mundo! Fui pra rua aos treze anos. Tenho mágoa dentro de mim.

— É isso mesmo — completou Daniel. — E fico muito magoado com quem me discrimina por conta do que eu fui. Fui, e não concordo com isso. Primeiro você tem que conhecer a fundo uma pessoa pra poder tirar detalhes. Não é com um simples olhar, num gesto, que você vai analisar a pessoa profundamente, não é por aí. E eu sou contra mesmo a discriminação. Ninguém procura pra te ajudar, só criticar, tá certo?

Hermes retomou a palavra, continuando a falar sobre as lembranças:

— Ah, meus amigos... vou contar mais um pouco como é que foi comigo. Comecei como vocês, caindo de bêbado nas calçadas. A maloca virou a minha casa, o chão de terra a minha cama, os moradores de rua minha família. Tudo o que eu queria era a pinga. Quando chegava a noite, começava a rodada com a garrafa de cachaça passando de mão em mão, bebendo até dormir, embriagados, um ao lado do outro, unidos na desgraça e no vício. Quem estava ali era obrigado a beber! Impossível dizer não pra bebida que chegava, poderia até morrer se o fizesse, levar uma facada de um companheiro revoltado. Mas ninguém dali corria esse perigo, porque a sede pela pinga era maior do que a vontade de mudar de vida.

"Certa noite", continuou, "chegou lá na maloca o pessoal da Associação de Amparo aos Moradores de Rua. Foram levar sopa quente pra gente. O chefe do grupo, o doutor João, vinha na frente, abaixando no chão sobre cada um de nós, nos acordando pro alimento. Quando ele chegou até mim, passando as mãos sobre minha cabeça, abri os olhos e não pude acreditar… Quem era aquele com olhos tão bonitos, tão cheios de bondade e de amor, que estava ali, pertinho de mim, agachado do meu lado, me chamando pra despertar? Aquela força enorme — acho que foi a força do amor dele — me fez querer acordar de vez, ficar desperto, espantando do meu corpo aquele mal-estar da pinga. Eu me sentei no chão de terra e fiquei olhando pra ele, querendo escutar a sua voz me oferecendo a sopa e me chamando para a vida."

Emocionado com as lembranças, continuou a falar:

— Eu nem tava com fome, pois a pinga é que me alimentava. Mas ali, com aquele alimento dado com amor, eu resolvi comer. E fiquei escutando a sua voz, que me falava de futuro, que me convidou até pra trabalhar com ele na associação, no preparo de alimentos pros meus amigos de rua. Ele ignorou meu olhar de descrença e desesperança, falando pra mim, cheio de alegria: "Vamos lá, meu amigo, eu sei que você pode, vem pro mundo do trabalho e da vida... Eu acredito que você não é o que está sendo, você é o que vai ser! E talvez já se foi o que você está sendo". Levantei dali e segui aquele grupo.

Fui até na associação, onde me receberam com alegria. Não se importaram com minha aparência ou com minhas pernas que dobravam de fraqueza, nem com o tremor de minhas mãos. Já foram me ensinando o trabalho, como ajudar no preparo do alimento que seria distribuído na noite seguinte.

A força deles me encheu de força. Me lancei no trabalho, me integrando logo no grupo. De vez em quando me davam um suco de laranja e me animavam, trabalhando com harmonia. Senti que já era da casa, tinha encontrado minha família!

Continuou com voz saudosa:

— Por isso que eu digo: pra mim, a minha família é o pessoal da associação. Hoje, pra mim, eles são a minha família. São irmãos, são tudo pra mim. Porque foram eles que me deram apoio. Foram eles que me ajudaram moralmente, que confiaram em mim, porque é difícil, viu? Não é fácil. A pessoa tá na rua, naquela infelicidade, e achar quem confia e diz assim: "Vamos trabalhar comigo?". É muito difícil! Em mais de mil, se tira um, se não tirar nenhum... E eu tive essa felicidade, e agradeço muito a Deus... hoje, ter o doutor João na minha vida... Ele paulista, eu paraibano. Por isso é que eu digo pra vocês: a minha família são eles.

Saudoso e pensativo, Daniel entrou na conversa, recordando a própria vida:

— É isso mesmo, incentivo é incentivo. Também tive uma pessoa assim que me marcou, mexeu comigo... Quando eu tava na pior, caído na calçada, dormindo na bebedeira, com frio, conheci a dona Joana, que estava junto do grupo que dava sopa pros moradores de rua. Ela é também um anjo de amor que anda aí pelo mundo, ajudando as pessoas que estão caídas nas malocas e nas ruas... Eu nunca me esqueço, era de noite, tava chovendo e eu ali, no chão, com frio e com a roupa molhada... Ela perguntou pra um companheiro que tava junto no grupo da sopa se ele não tinha um cobertor pra mim. Os que ela tinha trazido já tinham acabado. E ele foi na casa dele na mesma noite e trouxe duas cobertas pra mim, lindas, lindas, eu acho que até da cama dele. Ah! Na hora eu chorei, não tive nem palavra.

E continuou:

— A dona Joana eu conheço até hoje. Sempre me incentivou, me dá conselho, e eu gosto muito... Eu tenho muita emoção quando eu falo o nome dela. Pessoas assim incentivam a gente. No meu caso, só a palavra amiga dela é muita coisa. Porque a gente já tá numa situação difícil de rua, e se tem uma pessoa assim pra incentivar... No meu caso, a palavra pra mim vale tudo.

— Eu também conheço a dona Joana — completou Hermes. — Ela é como uma irmã que sempre me deu força e apoio, acreditou em mim.

Confiante e à vontade na presença dos novos amigos, Hermes continuou desfiando suas lembranças, contando sobre a luta mais difícil que tinha enfrentado pra conseguir sair da rua:

— No começo, mesmo com o apoio do doutor João e do pessoal da associação e das palavras de incentivo como as da dona Joana, não foi fácil pra mim vencer o vício, sair daquela vida... Eu tinha caído de tal forma que quem eu tinha sido — aquele que antes trabalhava, tinha estudos e família — parecia que não existia mais. Eu tinha me tornado um bêbado, um morador de rua. Os vícios da cachaça e da rua tinham entrado em mim e agora faziam parte de quem eu era, um homem destruído e sem esperança atraído pela rua. O primeiro passo foi a volta da esperança, quando o doutor João me chamou de novo para a vida. Mas que vida seria aquela, eu me perguntava, que parecia tão longe e impossível pra mim, que me sentia tão sem forças e caído? Foi aí, meus amigos, que a enorme luta começou. Eu tinha que vencer a mim mesmo, a minha compulsão pelo vício e por ficar na rua... No começo, quando terminava o meu serviço na associação e tinha que voltar pra casa e continuar depois o trabalho no dia seguinte, eu voltava era pra maloca, mas não bebia a pinga. Ficava esperando e olhando de longe os companheiros fazerem a rodada de cachaça, ficarem bêbados e dormirem. Então, devagar e sem barulho, eu ia até lá me deitar ao lado deles e ali passava o resto da noite, tentando dormir. No dia seguinte, de manhã bem cedo e antes deles acordarem, eu saía devagarinho e voltava para a associação. Não tinha forças ainda pra abandonar aquilo de uma vez ou de largar aquela vida que estava dentro de mim... Os dias foram passando e aos poucos fui conseguindo me afastar, até ficar completamente longe daquilo tudo. Me integrei no trabalho da associação. Mas aí veio um outro medo dentro de mim. Tinha medo de me contaminar e acreditava que se eu desse a mão pra eles, os companheiros viciados, eu ia tombar de novo no mundo da rua. Por isso não queria participar da distribuição da sopa nas malocas. Ficava de longe, na retaguarda, esperando sempre que aquele medo saísse de mim e eu pudesse ajudar os meus irmãos de rua... O que me ajudou muito também foi começar a frequentar os Alcoólicos Anônimos, comparecer a todos os encontros, onde eu ouvia palavras de incentivo pra mudar de vida, pra largar da cachaça... Depois de ficar um ano sem bebida alcoólica, recebi uma homenagem, ganhei uma medalha que marcou um ano de minha abstinência. Mas a luta continua, vigiando sempre pra não voltar ao velho vício... Hoje trabalho na entidade e meu trabalho é fazer o que fizeram comigo: levar a janta três vezes por semana aos meus amigos de rua, e faço isso com muito carinho.

Após o longo desabafo de Hermes, que fora incentivado pela escuta atenta dos amigos, Muleta começou a falar:

— É, você conseguiu vencer até agora sua luta. Mas vi que não lutou sozinho. Teve ajuda de gente interessada em ajudar você, que ofereceu um trabalho... E você aproveitou, agarrou com força a oportunidade. Mas eu fico aqui pensando: e se você tivesse entrado no crack, como foi com a Manu, será que teria conseguido? A turma antiga lá da maloca, quando eu comecei a ficar por lá, era diferente... A gente também era viciado, maluco pela pinga, mas a gente tinha união. Se eu chegasse, podia deixar ouro em pó ali que era meu. Ninguém pegava. Podia deixar minha carteira com dinheiro, podia deixar qualquer coisa de valor que ninguém pegava. Mas as coisas foram mudando. Foi vindo nova geração... Ali na maloca tá vindo ultimamente pessoas que não são merecedoras de confiança, por causa do quê? Por causa da pedra, do crack... Se eles não tiverem deles pra vender, pra pode usar, eles pega o meu, pega das senhoras. Se encontrar fácil, pega de outra pessoa. Pega e leva embora pra vender. Pra vender, não! Pra dar! Uma coisa que vale cem real eles dão por dez, que é o preço de uma pedra que eles compram por aí. E que gosto tem? Acaba aquilo ali e eles vão continuar com vontade de fumar mais e mais e vai partir pra roubar mais ainda...

— É isso mesmo — concordou Hermes. — E agora a maioria, uns setenta por cento dali da maloca, é pra usar droga... E é obrigado a usar, porque se tem vinte e cinco ali e dez usa droga, os quinze que não usa é capaz até de morrer na mão do outro que já tá viciado, porque eles têm que aceitar aquilo... Então o meu sofrimento foi esse também quando eu estava na rua: que eu nunca aceitei, eu só queria a pinga.

Heitor, ouvindo tudo, pensativo, também entrou na conversa:

— Não! Não tinha droga na maloca, só pinga... Agora a maloca tá empesteada! E ponto de droga na cidade agora é muito fácil. Como se diz: em quase toda esquina tem um ponto. Eu acho que o índice de droga aumentou muito, principalmente depois do crack, né?

E, lembrando da Manu, comentou com os companheiros, refletindo, angustiado:

— A Manu, Hermes, era minha antiga companheira que você não conheceu, era a mãe do Julinho. Ela tava indo tão bem, realizando o sonho dela, e o meu sonho também, de cuidar do nosso filho. Mas não conseguiu fugir da pedra. A tentação morava ao lado, no quarto vizinho ao nosso, naquele casarão invadido. Ela quase matou o nosso menino levando ele pras ruas, deixando ele sem comer, largado com ela nas calçadas. Estava maluca pelo crack, que se tornou toda a sua vida. Por onde ela anda agora? A gente não sabe. Já deve ter morrido, caída aí pelo mundo... Eu tentei de tudo pra trazer ela de volta, mas parece que a vontade da pedra foi mais forte, venceu até o amor dela pelo menino... O Muleta fala que o governo podia ajudar a gente, principalmente com esse caso do crack, que a gente não tem força pra sair dele sozinho... Eu também acho que é isso mesmo. Eles podiam pensar em um jeito de ajudar, de dar um tratamento, sei lá, um hospital, pra cuidar dessa loucura. Mas tem que ser gente interessada, com amor no coração, como a dona Joana, como esse doutor João que ajudou você, que consegue chegar bem perto de gente como a gente, olhar fundo em nosso olho, enxergar lá dentro a nossa alma... Também ajudar com um remédio, sei lá, eles devem ter estudo pra saber como fazer tudo isso.

Muleta, ouvindo pensativo e analisando tudo o que falaram, completou:

— Agora eu penso, com tudo isso que vocês falaram, que só o governo ou os médicos sozinhos não iam dar conta de conseguir ajudar o tanto enorme de gente que tá caindo nessa droga maldita. É preciso que a gente, todos nós que já acordamos, e a sociedade inteira unida, como uma família, comece um trabalho grande. Mas tem que ser com amor, como o do doutor João e da dona Joana, desse amor que olha bem fundo em nossa alma e chama ela pra vida, faz ela acordar do seu sono de loucura.

— E aí — completou Daniel, esperançoso —, quando o cara acordar e abrir o olho pra vida, oferece pra ele um trabalho, pra ele se sentir digno outra vez. Porque dignidade pra mim é o cara digno de trabalhar... Eu mesmo, eu faço um bico aí, com um cara que me deu oportunidade, eu trabalho... Não é fixo, mas é o meu ganha-pão. Pelo menos eu sei que sou orgulhoso disso, eu gosto de comer o que é do meu suor!

Nesse momento — após o desabafo dolorido de Heitor, que trouxe de volta a dor da perda da companheira, e após as falas de Daniel e Muleta querendo achar uma saída para tanto sofrimento —, o pequeno grupo foi silenciando devagar. A noite perdeu o encanto. Muitas perguntas sem respostas brotaram em cada um deles. Resolveram parar a conversa.

A noite já ia alta. Era quase madrugada. Silenciosos, apagaram a fogueira, guardaram as cadeiras, despediram-se e foram embora. Heitor entrou em seu barraco e aconchegou-se ao lado do filho que dormia, e abraçando a Aninha, que estava perto, adormeceu...

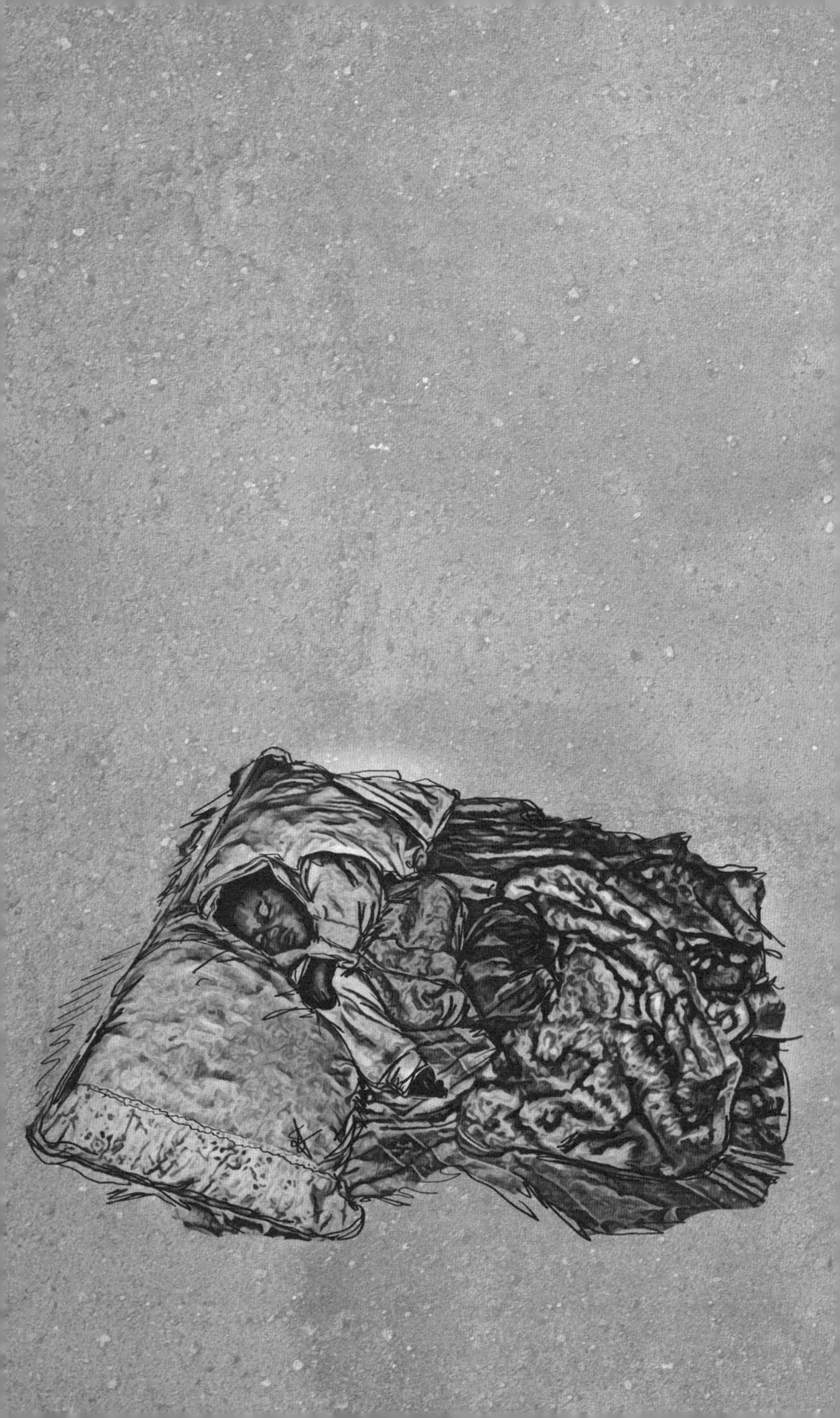

Doença transformando a vida

O tempo foi passando. A pequena família de Heitor, morando no barraco, seguia as rotinas de cada dia. Julinho, já crescido e muito esperto, começou a frequentar a escola, onde passava o dia. Aninha cuidava bem da casa, lavando, limpando e cozinhando, enquanto Heitor saía para as ruas com a carroça de catar recicláveis, recolhendo o sustento para a família. Até que um dia a professora da escola chamou Heitor para conversar sobre o Julinho, que ela achava que estava ficando diferente. Seu corpinho estava cheio de feridas e ele não tinha vontade de comer. Tinha emagrecido muito.

Heitor já tinha reparado nisso, que o menino parecia estar doente e que estava ficando caidinho.

— O que fazer? — perguntou preocupado, querendo ajuda para o seu menino.

— Acho que você devia levá-lo ao médico, no Centro de Saúde — respondeu a professora.

Saindo dali com o Julinho no colo, Heitor foi até o Centro de Saúde conseguir uma consulta. O médico que estava de plantão examinou o menino. Atencioso, fez várias perguntas para o pai aflito, que contou a sua história, relatou a tragédia da mãe e da criança perdidos pelas ruas atrás do crack, falou do abandono da mãe e do Julinho pelas calçadas, sem alimento e agasalho. E que depois, quando conseguiu trazê-lo de volta, tratou dele direitinho. E ele foi melhorando, se recuperando. E agora estava na escola, muito inteligente, mas parecia estar doente, preocupando a professora e ele, que cuidava do menino.

— Vamos pedir uns exames — falou o médico —, para a gente saber com certeza o que ele tem. Mas, pela aparência dele, a fraqueza, as feridas, e o que ele passou nas ruas, desconfio de HIV, que a aids está tomando conta do menino.

— O que eu faço agora? — perguntou Heitor desesperado, que não conhecia direito essa doença. — Como faço pra cuidar do meu Julinho?

— Primeiro, os exames — respondeu o médico —, depois, confirmada a doença, a gente segue um tratamento com remédios e cuidados para ajudar o seu menino.

Atordoado com a notícia e carregando o Julinho no colo, o pai saiu dali aflito e caminhou lentamente para casa. Ia pensando pelo caminho que mais uma luta ia começar, mais uma batalha pela vida de seu menino. "Mas eu sou forte", pensou esperançoso. "Vou lutar mais uma vez pela vida de meu filho".

Após os exames feitos, a constatação: era a aids. Heitor chamou os amigos no barraco e deu para eles a notícia. Tristeza geral. Muleta e Daniel novamente prometeram ajuda, falaram que estariam juntos para cuidar do Julinho.

Os cuidados intensivos começaram: muitos remédios que o pai conseguia gratuitamente no hospital municipal e que Julinho tomava o dia inteiro. As reações aos medicamentos vieram fortes: diarreias, ânsia de vômito e fraqueza que abatiam mais e mais aquele corpinho que já estava antes muito fraco, e agora ficava mais fraco ainda. E as feridas que não secavam? Falaram no hospital que era câncer, que era comum aparecer também nessa doença que atacava o menino.

Os amigos e o pai não desistiam da luta. Ficavam dia e noite firmes nos cuidados. No entanto, mesmo com todos os esforços, perceberam que Julinho ia piorando cada vez mais. Até que um dia ele não abriu mais os olhos. Não conseguiam lhe dar o alimento ou os medicamentos. Desesperados, levaram o menino para o pronto-socorro, onde ficou internado.

Plantão firme na porta do hospital: os amigos se revezavam, ficavam por lá esperando notícias. Até que um dia comunicaram: Julinho tinha falecido.

Desesperados e inconsoláveis, saíram a procura de como fazer para retirar o corpo do menino. Queriam fazer um velório, chorar no corpo daquele que era para eles um herói, um ser que todos amavam muito, como se fosse para todos o próprio filho. Correram pedindo ajuda a quem achavam que podia ajudar. Bateram à porta dos vizinhos do terreno, os mesmos que emprestavam a água e a luz para o barraco. Contaram a tragédia e pediram ajuda. Queriam fazer o velório, enterrar o corpo num cemitério para onde pudessem ir depois, sempre que quisessem, chorar no túmulo do menino, levar flores...

Mobilizados e sensibilizados, os vizinhos tomaram as providências necessárias, conseguindo êxito nas buscas: fariam o enterro no cemitério de Vila Formosa, onde poderiam fazer antes um velório, do jeito que queriam. Heitor e seus amigos, que marcaram com festas e alegria os aniversários e o batismo do menino, agora fariam seu velório, uma homenagem final em que se reuniriam para chorar por Julinho.

Recebendo a notícia da morte e o convite para comparecer, os convidados foram chegando com rostos tristes e chorosos, sofrendo pelo pai, os amigos e a criança. Trouxeram abraços, palavras de consolo e desejos de coragem, consolações que se fizeram até o final, no momento do enterro do corpo do menino.

Encerrada a cerimônia, e após as despedidas entre todos às portas do cemitério, Heitor, Daniel e Muleta voltaram ao barraco. Entraram portão adentro do terreno, e parecia que o menino ainda estava por ali, correndo e brincando, respondendo feliz aos acenos, sorrisos com sorrisos, aconchegando-se ao pai, à Aninha e aos amigos. Em cada canto, em cada objeto, sentiam a presença da criança, a criança que lhes dera vida... Um vazio enorme os tomou. Sentaram-se na cozinha do barraco, silenciosos, sem saber o que fazer para preencher aquele vazio.

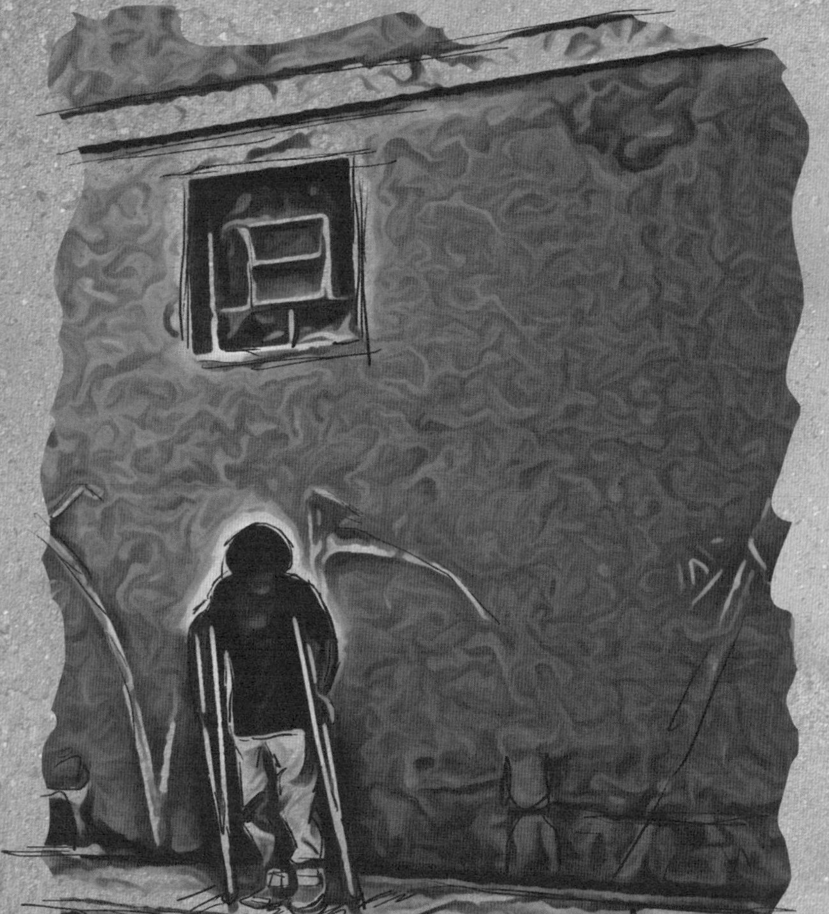

Notícia inesperada

Ainda mergulhados na dor da morte, sofrendo o luto, ouviram o chamado de alguém que estava à porta: era o dono do terreno do barraco, que queria conversar.

Pediram que ele entrasse. Contaram-lhe a tragédia, o que tinha acontecido, que Julinho tinha morrido. Sensibilizado com a notícia, mas firme nas palavras, o dono do terreno lhes deu a notícia: precisava que desocupassem o espaço, que desmontassem o barraco e fossem embora, pois ali seria construído um edifício.

Pego de surpresa, Heitor ficou sem palavras. O vazio ficou maior ainda… "Perdi meu filho e agora vou perder o meu barraco? O que é que eu faço, meu Deus?", pensou aflito. Procurou em seu íntimo alguma coisa que lhe respondesse e iluminasse seu caminho. Sentiu que não tinha revolta. Estava certo, pensou. Ele era o dono do terreno. Já tinha ajudado muito. Quantos anos de paciência teve com ele e seus amigos deixando que pusesse ali sua carroça e juntasse os recicláveis, construísse seu barraco e criasse seu menino. E agora que seu filho já se fora, nada mais ali fazia sentido. Estava certo. Tinha que sair daquele espaço, deixar o dono tomar conta e seguir também o seu destino.

Recobrando as forças, se recompondo, deu a resposta:

— Eu vou sair daqui, sem problemas, e estou muito agradecido! O senhor já nos ajudou muito e confiou na gente por todos esses anos. Nós vamos embora. Mas queria pedir para o senhor mais um pouco de tempo, talvez uma semana pra eu ajeitar tudo pra partida.

— Sem problemas! — respondeu o proprietário, surpreso com aquela reação pacífica e as palavras que ouvia. — Pode ficar mais essa semana, eu espero, depois eu volto aqui com as máquinas pra limpar tudo e começar a construção.

Quando a visita inesperada se retirou, Heitor virou para Daniel e Muleta, que tinham ouvido toda a conversa, e pediu:

— Vocês podem me ajudar mais uma vez? A fazer tudo o que precisa ser feito pra gente sair daqui? E eu gostaria de fazer mais uma coisa antes da gente ir embora: mais uma roda de conversa, mais um papo ao pé do fogo pra marcar nossa lembrança, mais um encontro entre amigos.

    Ouvindo o pedido e sentindo a perda do companheiro, perda que era também deles, começaram a chorar. Mas depois, recompondo-se, olhando para a força de Heitor, prometeram que ajudariam. Sim, fariam tudo o que pudessem, e até tiveram mais uma ideia para a roda de conversa: chamariam o Hermes para o papo, que tinham certeza que viria...

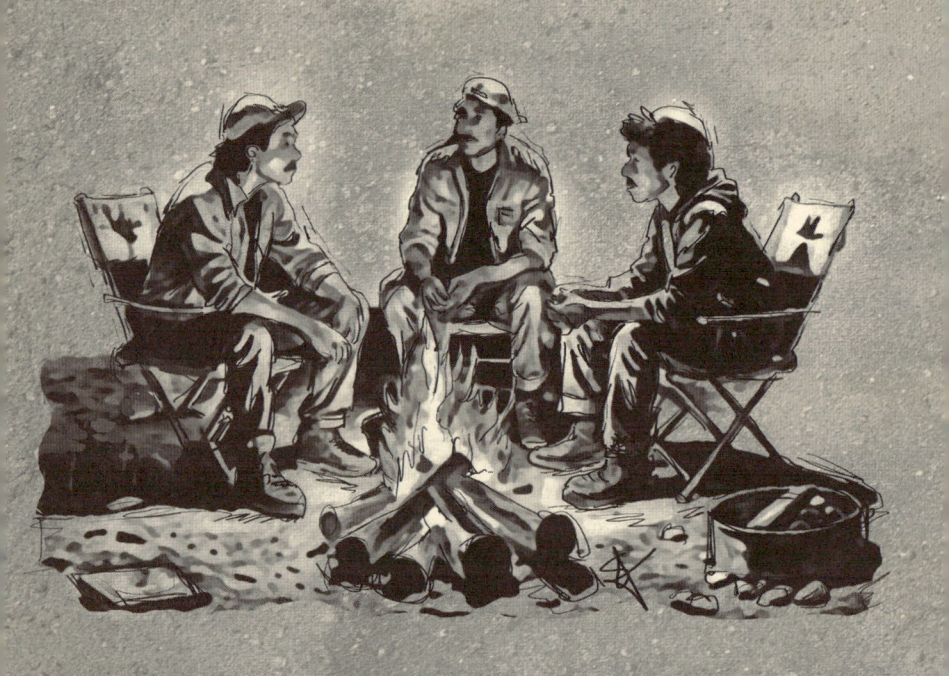

A roda de conversa ao pé do fogo... Refletindo sobre a vida

A noite estava perfeita. Céu aberto, sem nuvens, forrado de estrelas. Brisa leve refrescava o entorno. No terreno do barraco, a fogueira acesa convidava os companheiros que ali já estavam para a roda de conversa. Todos foram se sentando ao redor da chama que já ia alta. Estavam silenciosos... Aninha dormia no barraco, não quisera participar. Saudosos, lembraram que não tinham mais que se preocupar com os cuidados com o Julinho... Ele havia partido. Podiam conversar à vontade, deixar o coração falar, lembrar de tudo o que tinha acontecido.

Heitor, o anfitrião, começou a conversa.

— Aqui tá a gente de novo, meus amigos. Agora pela última vez. Quanta coisa passa pela minha cabeça... Lembrei de quando eu tava na maloca, bêbado, sempre dormindo. Não tinha mais destino, tinha desistido de viver. Aí a Manu veio e me chamou pra vida, me trouxe o meu menino que me fez acordar e tomar um outro rumo. Esse filho me acendeu a esperança e despertou a minha força, que nem eu mesmo sabia que tinha. Virei um leão, capaz de construir um mundo. Um mundo todo pra ele que alegrava a minha vida.

Muleta, refletindo também em seus caminhos, em tudo que vivera junto dos amigos, começou a recordar:

— É, foi isso mesmo. Eu também tava na calçada e na terra da maloca, bebendo muita pinga e andando bêbado e sem rumo. Quando vi a barriga da Manu, que ia crescendo, trazendo o Julinho, também abri a alma e os olhos. Acordei pra vida, minha vida e a do menino.

Daniel, doído de saudades do pequeno, lembrou também daquele momento em que Heitor o chamou para ajudar a construir o barraquinho e abrigar o próprio filho. A ordem que Heitor dera, de que não poderia aparecer embriagado para fazer o serviço, foi importante: Daniel teve que escolher entre o trabalho ou a pinga. A vontade de ajudar foi mais forte, e foi ali que começou sua mudança, dali que veio a força para largar a cachaça e o vício.

Hermes escutava tudo, silencioso, refletindo também na própria vida. Uma vida que deixara de ser só dele, que passara a ser de todos que estavam ali compartilhando e dos outros que tinha encontrado em seus caminhos. Não tinha vontade de falar ainda... Percebeu que os três que estavam ali sentados tinham muito para lembrar, precisavam daquilo para consertar as suas almas, curar suas feridas...

Saudosos, Muleta, Heitor e Daniel começaram a pensar nos outros da maloca, naqueles que lá também viveram enquanto bebiam juntos. A figura da Celeste surgiu forte nas lembranças. Lembraram dela e do companheiro Zé Carlos, de quando foram na festa do batizado do Julinho e a Celeste pediu para Deus tirá-la da rua.

Hermes, atento na conversa e interessado naqueles personagens — pessoas que não havia conhecido — perguntou:

— Quem foi ela, a Celeste? Me contem sua história...

— Ah! A Celeste, aquilo que era amor — falou Muleta. — Não largava o companheiro por nada nesse mundo... Ela queria sair da rua e ir embora pra casa, tinha até família que chamava pra voltar, mas o Zé Carlos não queria. Ele gostava daquela vida, da bebida e do vício. Agarrava a Celeste e levava pras malocas, rodando pela cidade e a obrigando a beber juntos. E ela ia sem ter raiva ou reclamar... Simplesmente o seguia.

— Um dia — lembrou Heitor —, ela foi atropelada perto da maloca e ficou caída lá no asfalto com a cabeça rachada e o sangue escorrendo... Não abria mais os olhos, e a gente achou que tinha morrido. Chamamos o Samu, que veio e a levou pro hospital. Disseram que ela estava viva, mas que precisava ser internada e passar por cirurgia. Ela foi operada, fomos até lá fazer uma visita. Mas quando entramos no quarto ela não reconheceu a gente... Ficamos chateados pensando que ela tinha perdido a memória... De repente, o Zé Carlos chegou e entrou no quarto. Ela olhou pra ele e começou a gritar, cheia de alegria: "É o meu amor! É o meu amorzinho". E ficou lá, abraçada com ele. Tinha chegado a razão da vida dela. Dele ela não tinha se esquecido.

Muleta, que tinha participado de tudo, começou a recordar, pensando no destino da Celeste:

— Ficamos sabendo que depois ela morreu. Foi embora pra outra vida... Acho que Deus atendeu o pedido dela e tirou ela da rua.

A história da Celeste e do seu destino, daquele amor enorme pelo companheiro bêbado e drogado, levou-os a refletir mais fundo a respeito desse amor... Que amor seria esse que faz alguém esquecer da própria vida pra viver a vida do outro? Aquele amor que a Celeste sempre demonstrou. A vida dela era o Zé Carlos, do jeito que ele era, e ela só poderia viver ficando ao seu lado.

Hermes, ouvindo tudo aquilo, também começou a pensar sobre esse assunto: o amor. Quis falar mais sobre ele, ouvir os companheiros falarem sobre como foi o amor na vida de cada um. Lembrou-se das leituras que fizera sobre isso antes de cair pelas ruas. Esse tema até aparecia nos livros, mas agora sentia que era diferente. Não estava mais só lendo histórias que falavam de amor, estava ali agora, vivendo a vida... Lançou a pergunta para o pequeno grupo que o ouvia atencioso:

— A gente já conversou muito sobre o nosso sofrimento, até em nossa outra roda de conversas em volta da fogueira, sobre nossa vida de bêbados e depois, quando fomos acordando para a vida, querendo viver a vida de novo, não uma vida igual à da Celeste, que se arrastava em vida flertando com a morte... Mas o que foi, no caminho de cada um de nós, que ajudou a gente a levantar, a querer continuar? Vamos falar mais sobre isso? Que força estranha é essa, como dizia o poeta, que nos puxa para a vida?

— Ah — respondeu Heitor —, acho que no meu caso foi o amor pelo meu filho que me fez acordar. Ele foi a luz do meu destino... Eu saía pelas ruas andando com a carroça, muitas vezes caindo de canseira, mas lembrava da carinha dele sorrindo para mim e eu queria continuar. Era tudo para ele, por ele... E agora ele se foi, mas sinto que ainda tá aqui comigo, morando no meu peito, sorrindo para mim, me empurrando para a vida.

Emocionado, Muleta quis continuar:

— É isso mesmo. O Julinho. Antes mesmo dele nascer, quando tava ainda na barriga da Manu e nós dormindo tudo junto na maloca, ele me fazia pensar... Ficava ali acordado, olhando o pai protegendo e amando aquela barriga que crescia... Eu fui também acordando para aquele amor. Eu sempre gostei de crianças e sofria vendo o sofrimento delas vivendo pelas ruas pedindo esmolas, com fome e doentes. E agora ali, na nossa maloca, tava vindo uma criança que deu vontade de cuidar e proteger também... E pra isso fui até me esquecendo da pinga. Eu queria mais era ficar acordado, vivendo aquele amor daquele pai e daquela mãe, cuidando do menino... É isso que eu acho, o amor deles, o amor meu pela criança, me acordou para a vida. O Julinho, pra mim, não foi embora, tá também dentro de mim. Agora sou outro... O amor que ele deixou segue alumiando meu caminho.

Daniel, nesse momento, chorava. Emocionado com as falas e lembranças, quis também falar do amor, daquilo que ele achava que tinha sido em sua existência:

— Pra mim, também, sobre o amor, fiquei pensando... Por um amor não correspondido de uma noiva que me abandonou e me traiu, eu quase me matei no mundo. Caí pelas calçadas bebendo até quase a morte. Mas acho agora que foi um amor enganado, aquilo era paixão que me deixava cego para tudo... E quando mais nada esperava dessa vida chegou um amigo com mão forte, o Heitor, que me convidou pra trabalhar. Ele acreditou em mim, me chamou para o trabalho e para ajudar seu filho, o Julinho. Essa criança, pra mim, foi o verdadeiro amor de minha alma... Também sinto que ele não foi embora, está vivendo dentro de mim, me empurrando para a vida.

Emocionados, sentindo a forte presença do menino que partira, silenciaram... Hermes, que ainda não tinha trazido suas impressões sobre essa "força estranha" em seus dias, começou a falar:

— Para mim, meus amigos, a força desse amor chegou quando eu estava dormindo na maloca, embriagado. Tinha desistido da vida, dormia para a morte... De repente, sem esperar, ouvi aquela voz que me chamava me acordando pra tomar a sopa. Era o doutor João que ali estava. Abri os olhos e vi o seu olhar... Olhar de amor e de bondade que entrou fundo em minha alma, bateu lá dentro, e me fez chorar... Não me julgava ou me censurava, não me via como um caído ou vagabundo. Simplesmente acreditava que eu era um ser humano, que ali estava tombado no vício e na dor, e que ele buscava para a vida. Mas o chamado não ficou só por ali. Foi além... Ele me levou para o trabalho, esperou pelo meu tempo, eu me reorganizar por dentro e por fora lutando para sair do vício. Nessa hora foi muito importante a presença da rede de ajuda que me sustentava e me fortalecia para continuar na luta: as pessoas da Associação de Amparo aos Moradores de Rua, que me acolheram para o trabalho de fazer a refeição para os caídos, e o grupo dos Alcoólicos Anônimos, que me fortalecia e incentivava para eu vencer meu vício. E agora, meus amigos, aqui estou, mais forte, e com vocês, pensando sobre tudo o que vivemos... E como vai ser agora para você, Heitor, que vai desmanchar o seu barraco? Tem planos? O que pensa fazer daqui pra frente?

— Sobre isso já falei com a Aninha... Ela é boa companheira que me apoia em tudo. Vamos limpar todo o terreno, agradecer o dono e os vizinhos pela ajuda, e ir embora lá pra Minas Gerais, pra nossa terra, onde ela tem ainda alguma família. Vamos recomeçar. Com força e com saudade... Vamos retomar o caminho.

— E você, Daniel — perguntou Hermes —, quais são seus planos?

— Ah, agora eu vou viver meu sonho. Vou voltar lá pro Nordeste, a minha terra, retomar a minha vida. Tô com força pro trabalho, quero fazer uma casinha... Quem sabe achar um amor de novo, mas um amor verdadeiro, e formar minha família. É isso!

E falou então mais forte, gritando para o ar, anunciando a viagem imaginária que já estava acontecendo em sua alma:

— Ceará, eu tô voltando! Tô chegando! Me aguarde! Já, já eu tô aí! Vou voltar para o meu mundo!

Muleta ficou ali, pensando nos projetos dos amigos. "Pra onde é que eu vou?", ele se perguntou.

"Acho que vou ficar por aqui mesmo, aqui é minha cidade. Vou ficar no meu quartinho alugado e trabalhando em meu emprego que me dá o meu sustento."

Hermes, chegando a sua vez de dizer o que faria, comentou:

— Eu vou continuar por aqui fazendo o que tenho feito, ajudando na Associação de Amparo aos Moradores de Rua e visitando as malocas, conversando com os caídos. Vou continuar também a frequentar os Alcoólicos Anônimos, cuidando do meu antigo vício e sempre consciente de minha tendência para o álcool. Sei que não posso me descuidar... Isso é luta para sempre. Mas eu estou contente pois encontrei o sentido de minha vida.

Terminaram a conversa. Sabiam que seria a última. Apagaram a fogueira com cuidado, se abraçaram comovidos e, lentamente, foram saindo... Heitor retirou-se para o seu quarto, ajeitou-se ao lado de Aninha, que dormia, e pensando em seu filho, adormeceu.

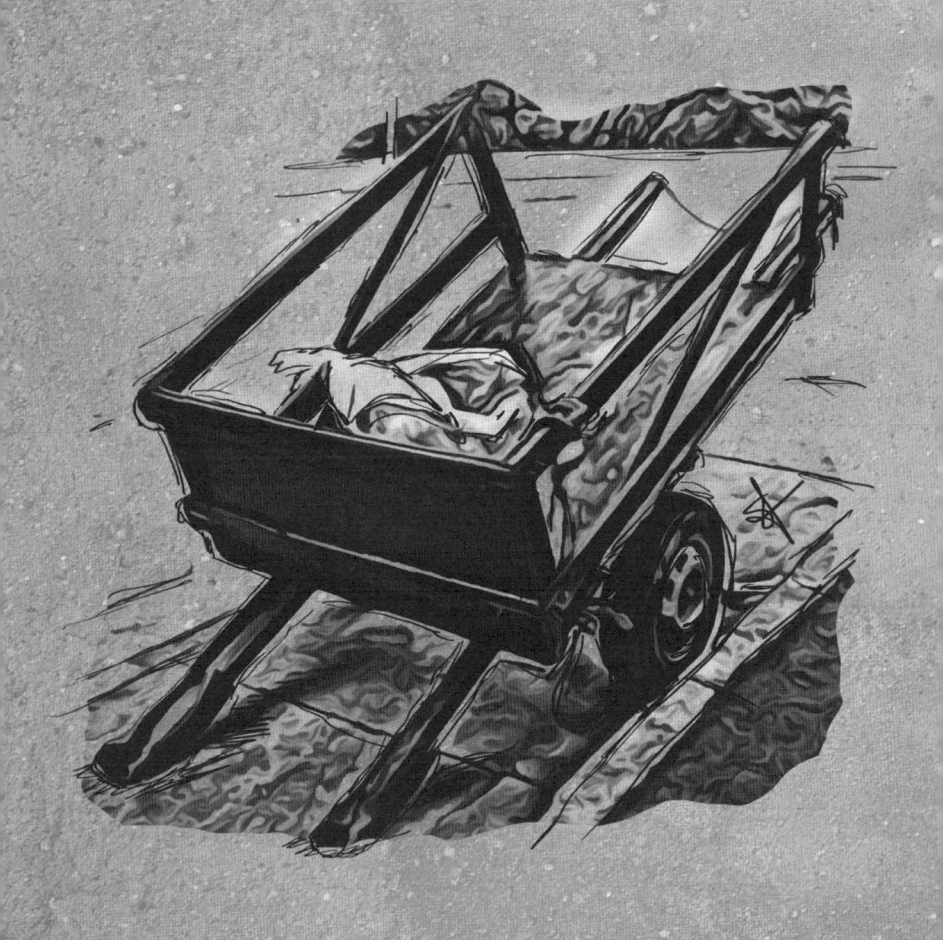

A vida contínua

Alguns meses se passaram. Certo dia, bem cedo, Muleta estava indo ao trabalho com passos lentos e resolveu passar em frente do terreno do barraco. Tudo mudado! Máquinas enormes abriam fundações enquanto operários ocupados andavam de lá para cá transportando materiais. A obra começara.

Parado em frente ao terreno, olhando aquilo tudo, ele começou a recordar o que tinha ali vivido. Lembrou dos amigos que se foram, das vezes que estivera ali ajudando o Heitor e brincando com o Julinho, das rodas de conversa ao pé do fogo... Tudo se foi, restavam somente as lembranças.

Retirou-se devagar. Pensou em passar pela maloca para ver como tudo estava, quem vivia lá agora. Quando chegou, tristeza enorme invadiu a sua alma: viu um grupo grande de pessoas que se drogavam enlouquecidas, o crack a céu aberto. Rodavam alucinadas pelo pequeno espaço de terra no meio de um monte de lixo acumulado, naquele espaço que um dia foi um jardim, uma pracinha.

Não viam ninguém do entorno, se enroscavam entre eles como mortos-vivos rodando juntos. Olhando tudo aquilo lembrou da Manu... Onde estaria? Já teria morrido? Nunca mais dera notícias.

Foi então que ali, parado e observando, mergulhado na tristeza que o consumia, Muleta teve uma visão inesperada: num sonho acordado, via cenas de esperança e de alegria... No meio de toda aquela loucura viu chegar um enorme batalhão de gente, todos sorrindo com cara de bondade, com muitos doutores Joões e muitas donas Joanas marchando à frente junto a outros que os ajudavam. Como anjos de amor, entraram na maloca e abraçaram cada um daqueles caídos, soprando frases de amor em seus ouvidos, chamando-os para acordarem para a vida. E eles abriam os olhos, aceitavam o convite e seguiam para o tratamento necessário, confiantes e felizes... A Manu também ali estava, seguia confiante de que iria se tratar e se curar, e voltaria um dia para ver seu filho.

Após algum tempo contemplando, ele foi saindo do sonho, foi voltando à realidade. Viu as cenas de loucura que continuavam à sua frente... Resolveu então se afastar, ir embora. Sem olhar para trás, subiu a rua lentamente. Seguiu para o trabalho. Retomou a sua vida.

Glossário

Amor ágape: é o tipo de amor abordado neste trabalho e no conceito de Resiliência. É concebido como o amor às outras pessoas, como amor ao próximo, àquele que se vê, quer se descubra nele perfeições ou imperfeições. É amor em movimento, visando aos seres humanos ou aos animais, voltando-se às necessidades daqueles que encontra. É amor em ação, devoção, doação — dar gratuito sem esperar nada em troca, dar àquele com quem se cruza o olhar, sem preferências ou limites.

Encontro transformador: interação específica entre os seres humanos que possibilita a transformação dos envolvidos, promovendo o despertar de suas potencialidades, a retomada do rumo de suas existências, ou seja, do sentido de suas vidas, promovendo a resiliência.

Maloca: denominação que os moradores de rua atribuem a um local e ao modo de vida que ali se desenvolve significando um modo específico de viver na rua: não construção de proteção aos próprios corpos, embriaguez, mendicância, uso de drogas, exposição a violências.

Maternagem: são aqueles cuidados iniciais oferecidos ao bebê pela mãe ou, ainda, pelo pai e demais familiares, essenciais à formação do indivíduo.

Resiliência:
- é a capacidade que o ser humano tem de enfrentar as adversidades da vida, conseguir superá-las e sair desse processo fortalecido e transformado.
- é compreendida também através da metáfora da dança, em que a imagem da dança evoca movimento, fluidez, relações e interações entre parceiros. Ela é, nesse sentido, concebida como uma dança bem-sucedida na música da vida. Não uma dança com bailarinos solitários: ela pede parcerias, empatias, encontros. Ela fala de amor.

FONTE Baskerville
PAPEL Polen natural 80 g/m²
IMPRESSÃO Paym